闻道学术作品系列

桑农◎著

书径通幽

安徽师范大学出版社

ANHUI NORMAL UNIVERSITY PRESS

·芜湖·

图书在版编目(CIP)数据

书径通幽 / 桑农著. — 芜湖：安徽师范大学出版社，2022.9
（闻道学术作品系列）
ISBN 978-7-5676-5856-1

Ⅰ. ①书… Ⅱ. ①桑… Ⅲ. ①随笔—作品集—中国—当代 Ⅳ. ①
I267.1

中国版本图书馆CIP数据核字(2022)第185571号

书 径 通 幽

SHU JING TONG YOU

桑 农◎著

丛书策划：戴兆国　　桑　农
责任编辑：李克非　　　　　　责任校对：房国贵
装帧设计：王晴晴　　张德宝　　责任印制：桑国磊
出版发行：安徽师范大学出版社
　　　　　芜湖市北京东路1号安徽师范大学赭山校区
网　　址：http://www.ahnupress.com/
发 行 部：0553-3883578　5910327　5910310(传真)
印　　刷：安徽新华印刷股份有限公司
版　　次：2022年9月第1版
印　　次：2022年9月第1次印刷
规　　格：880 mm × 1230 mm　1/32
印　　张：8.875
字　　数：160千字
书　　号：ISBN 978-7-5676-5856-1
定　　价：39.00元

凡发现图书有质量问题,请与我社联系(联系电话:0553-5910315)

目 录

第二辑

第三辑

第一辑

书话家族

《晦庵书话》

我最早接触的书话,便是唐弢的《晦庵书话》(生活·读书·新知三联书店一九八〇年版)。那时我还在家乡的中学教书,课余喜欢读些现代文学作品,买过唐弢主编的《中国现代文学史》,是三卷本的。随后发现还有一卷本的《中国现代文学史简编》,也买了。接着便是《晦庵书话》。仅凭自己的直观印象,觉得三卷本的水准不及一卷本,而一卷本又不及《晦庵书话》好看。三卷本通读一遍后,再没有翻过。一卷本翻过几遍,却只是当作工具书查阅的。只有《晦庵书话》,会不时拿出来翻翻,有些篇目还会涵泳再三。后来搬家,三卷本和一卷本都处理掉了,《晦庵书话》却一直摆在书橱最方便取放的位置。

当年对《晦庵书话》的兴趣,大致有两方面。

一是把它当作研读现代文学的入门书,从中获取现代作家作品的信息,遇到感兴趣的,还会按图索骥。二是揣摩文章做法,特别是文中一些抒情的句子,至今尚能脱口背出。例如:"我读此书时适在钱家二院,院有海棠一株,时正结果。晚风起时,海棠时时落地,一种黄昏的寂寞浸透身心,及今思之,犹怅惘不已。"还有:"达夫失踪已久,据载其坟墓近方发现。热带植物繁殖,一片离离之中,墓木当已拱矣。"这些充满感性色彩的闲笔,冲淡了通篇沉闷的学究气,增强了文章的可读性。

《榆下说书》

黄裳以古籍鉴藏闻名于世,所撰题跋据说堪比黄尧圃,是当代"黄跋"。可坊间又有传闻,文献学家黄永年羞于与之为伍。我不是业内人士,不知晓其中深浅。我读黄裳,侧重并不在于题跋,更关注的是《榆下说书》(生活·读书·新知三联书店一九八二年版)一类的书话随笔。

《榆下说书》里有一篇《关于柳如是》,曾经传诵一时。尽管无论在史料方面还是史识方面,都无法与《柳如是别传》相比,但黄裳的文章比陈寅恪写得好看,是毋庸置疑的。还有一篇《槐聚词人》,

也有神来之笔。如写钱锺书与杨绛对坐于长型西餐桌两端静静夜读的情景,画面感特别强。我就是读过这些文章,然后去找《柳如是别传》和《管锥编》来读,随即成为"陈迷"和"钱迷"的。介绍阅读见闻,引起读者的兴趣,让他们可以顺藤摸瓜,这正是书话随笔的功德。所以,我至今庆幸并感激早年就遇见了《榆下说书》。

黄裳长期供职于报社。他说张岱是三百年前一位出色的"新闻记者",潜意识里多少有点以己度人;因为这一说法,完全可以用在他自己身上。他的书话随笔,以及游记散文,都可以视为特殊类型的"通讯""速写";虽是"客观报道",寥寥几笔,却具体、生动、鲜活、醒目。以"新闻记者"的笔法写作,恐怕是黄裳书话耐读的奥秘所在。

《读书随笔》

前几天整理书橱,翻出一册塑料封面的笔记本。上面写有数十篇读书笔记,千字左右,一书一题。原来我曾在私下里懵懵懂懂地写过书话,这件事我早就忘到九霄云外了。

那还是我在家乡中学教书时,得到去省城进修的机会。其间常去学校图书馆,几乎每周都要借一大摞书。读了叶灵凤的《读书随笔》（生活·读书·新知三联书店一九八八年版），十分喜欢。文字简明清晰，内容不深不浅，每篇长短适宜，觉得按照这个样子来写读书笔记，应该切实可行。于是，准备了一个笔记本，读到一册满意的书，便写一则短文，记下印象与心得。或许因为当时现代文学作品已读过不少，缺乏新鲜感，而外国的文学艺术更容易激发我的好奇心；笔记中所涉及的，大多是翻译作品。当然，这也与叶灵凤无形的影响有关。

叶灵凤的《读书随笔》，在书话家族里别树一帜。后来的冯亦代、董鼎山，以及董桥、恺蒂，可谓一脉相承，又各具特色。谈旧书的，谈古书的，谈西书的，应该三分天下，目前的局面却有些失衡。相信读者期待了解更多外国珍本书的故事，关键是谈西书必通外语、懂装帧，否则雾里看花、终隔一层。我只能看翻译的书，不敢效法叶灵凤；但《读书随笔》还是在我的写作中留下深深烙痕，以至于我经常自称"读书随笔"，而非"书话"。

《余时书话》

新文学书话写作，唐弢之外，就要数姜德明了。《读书》上连载《书叶小集》时，我就注意到了。

姜德明先生手简

他出版的书话集,我基本上都读过。要选一部代表作,我推荐《余时书话》(四川文艺出版社一九九二年版)。"余时"就是业余时间。我偶尔写点书话随笔,也是工作之余,所以觉得这个书名特别亲切。

有几位书友是姜德明的"铁杆粉丝",书话集、散文集都买,缺一种仿佛都会抱憾终身似的。有一次结伴赴京,我是去参加一个会议,他们直奔姜德明的寓所。我跟会上一位现代文学专家谈起,他慢悠悠地说:"姜德明,学问好像差点吧?"我心里咯噔一下。从所谓"学术规范"来看,也可以这么讲;但写书话不是做学问。写书话是兴之所至,漫然笔之,无须竭泽而渔。反倒是做学问的人,应该多读些书话、题跋,因为这里都是"第一手资料"。而写书话的人,更应该读前辈书话家之作;否则自以为有所发现,其实别人早就写过,未免贻笑大方。我曾构思一篇谈《读书三昧》的小文,查阅资料时发现姜德明已写过,便赶紧设法另辟蹊径。

几年前,我将自己写的一本小册子寄给姜德明。他的回信,写在裁去半截的信笺上。我当时颇觉诧异。后来有人告诉我,说他始终保持这一节俭的习惯:这就是古人所说的"敬惜字纸"啊!

《楛柿楼读书记》

张中行《负暄三话》中有一篇文章，专记《读书》编辑赵丽雅。书前谷林的序里说的也是她。据悉，这位赵丽雅使用各种笔名，在杂志"品书录"栏目刊发了许多书话小品。我曾尝试从旧刊中检出她的文章，仅凭文风来判断，也不知是否准确。

赵丽雅后来用扬之水的笔名出版了两部书话《脂麻通鉴》和《终朝采绿》，颇受读者欢迎。她早年以宋远的笔名出版的《楛柿楼读书记》（辽宁教育出版社一九九三年版），只印三百册，难得一见。我手头的这本《楛柿楼读书记》，是盗版书。盗版畅销书，是为了牟利，铤而走险；盗版书话这样的小众读物，实属奇事。而明知盗版，仍然以高价购买，对我而言，也是绝无仅有的一次。《楛柿楼读书记》里的文章，有一半已收录在后来两部书话中。我买回来，主要是想核实一下当初的猜测有多少命中。可惜，我整理的篇目丢失了，无从验证。

对于《读书》杂志中的"品书录"，我当年特别关注。自以为尚无写长文的准备，可以试着写点"品书录"那样的短文。扬之水早年的书话小品，是我学习的范本。遗憾的是，等我有小文在"品书录"上刊发时,她已经离开杂志社,到社科院去做名物研究了。前些年,先后在苏州和上海的博物馆邂逅,有过寒暄,我竟忘记提及购买盗版书这档事。

《雍庐书话》

我在老家教中学时,读过梁永的《雍庐书话》(南京大学出版社一九九三年版)。此书印数很少,一本难求;今天旧书网上的价格,更是离谱。我是从一位前辈家借阅的。他与舒芜是同乡,交往频繁。《雍庐书话》的序,正是舒芜所作。我想,他是从舒芜那里得到这本书的。

我在这位前辈家还借阅过《西谛书话》和《知堂书话》。两位作者都是我喜欢的现代作家,但他们所谈之书,我当时兴趣不大。值得一提的是,《西谛书话》里有插图,影印了作者手书题跋,好像有一则是用钢笔直接写在藏书的空白页上。我觉得很好玩,也模仿着去做。可过了几天,自己再看,内容没有意思,字又写得难看,尤其是写在心爱的书上,简直是暴殄天物,便不再效颦了。

《雍庐书话》的封面及装帧设计与《晦庵书话》相仿,所谈内容也大致相同,都是我关注的现代作家作品。只是作者的资源和修养无法与唐弢相比，文字也比较直白、浅显，不够隽永。当然，对于我这样的爱好者来说，已经是高山仰止。

舒芜的序写得很精彩，在报上发表时我就注意到了。至于书后的"编辑手记"，我没有特别在意。这本书的编辑叫"秋禾"，显然是一个笔名。几年之后，我读到《秋禾书话》，才知道这位"秋禾"就是当时供职于南京大学出版社的徐雁。

《秋禾书话》

我读徐雁《秋禾书话》（书目文献出版社一九九四年版）时，已从家乡调到现居这座城市，在郊外的一所专科学校教书。在一位同事家里看到这本书，有一种莫名的亲切感，当即借回来细读。发现从《晦庵书话》到《秋禾书话》原是薪火相传，自然平添了许多欢喜；得知作者仅比我年长一岁，顿时自惭形秽。恰好本市报纸读书版的编辑约稿，于是撰写了一篇书评。报纸的发行有其地域性，当时又没有网络电子版，遂按书后提供的地址将文章寄给徐雁。并没有什么想法，只是希望他能读到。过了一段时间，意外收到一个邮包。打开一看，竟然是他回赠的两册签名本《雁斋书灯录》和《沧桑

书话家族

二

书城》。

我当时和外界几乎没有交往，所获作者赠书，除谢泳的《西南联大和中国知识分子》外，就只有这两本。两位作者，一位关注现代文人，一位从事书话写作；我后来偶尔写点随笔，都是以他俩为楷模的。

徐雁带给我的影响，还不止在书话写作本身。尽管平时很少联系，他似乎并没有忘记我这样一位读者。《开卷》杂志创办之初，我便获得免费赠阅，肯定是他提供的名单和邮寄地址。接触到《开卷》，成为《开卷》的一名作者，是我庸常生活中的一件幸事。如果当初没有读《秋禾书话》，没有与他联系，就不会有后来的种种机缘。

《书边杂写》

新文学书话写作，需要有民国旧书的收藏打底。我购藏之书，大多为近四十年出版，所以只是徘徊在新书评与旧书话之间，因此特别偏爱谷林这样的作者。他的《书边杂写》（辽宁教育出版社一九九五年版），我不知翻了多少遍。他推崇"对于史事的发明"，注重"对读"，要求"意见明达"，主张"慢慢读来"，都是我时常提醒自己的。

《书边杂写》之前有一册《情趣·知识·情怀》，仅读过电子扫描版，至今未见原书。之后还有一册《淡墨痕》，收在"开卷文丛"第二辑，虽也不错，却略显稀松了些。我曾在《文汇读书周报》上发表短文推荐谷林，也给董宁文去信表示对《淡墨痕》的喜爱。这封信被摘录在"开卷闲话"中。文章和通信，谷林都看到了。他专门给董宁文去过信，并在给许进的信里暗引了我文中的话。可能是我言不尽意，引起误会，他对我的某些措辞不以为然。现在想来，应该在他生前沟通解释一下，就好了。

有位朋友看了我的推荐，去找书读；读后对我说，谷林没有孙犁写得好。两位都是我喜欢的作者，应该说各有千秋吧。孙犁是文学家，面向大众读者，谁都能感觉到他的好来。谷林则是一位纯粹的读书人，只有看过他所谈之书，并尝试自己也写一篇类似的书话时，你才能真正体会到——他写得真好！

《书话点将录》

王成玉在《书话点将录》（文汇出版社二〇一七年版）里说："书话与读书随笔……各有优长，各见风格。桑农先生似乎对此并没有刻意的追求，但

书话家族

一三

在写作上却兼二者之长。"这是对我的谬奖。"兼二者之长"实不敢当,"没有刻意的追求"却是事实。说白了,就是我并不想在书话与读书随笔之间画一条线。而王成玉心目中,两者应该有严格的界限。

《书话点将录》里虽然呈现出众声喧哗的景象,作者的选择、排序和态度却是旗帜鲜明的。我和王成玉应该说交往频繁,但在他写作《书话点将录》那段时间,我们几乎没有什么联系,也没有针对此事交换过任何意见。"点将录"陆续在各处发表时,有人欢喜,有人愤怒,有人不屑,我始终没有表态。直到写我的那篇刊出时,我也没有说什么,只是在博客上做了个链接。我觉得,每个人都可以写一部代表个人判断的点将录。这完全是一家之言,又非盖棺定论,何必斤斤计较,在乎别人怎么说。

《书话点将录》入选"开卷书坊"第六辑正式出版,在上海书展上首发,还举办一个座谈会,我特意赶去祝贺。尽管书中的一些排名我不是完全赞同,而且这份名单也确实有点鱼龙混杂,但他把我写了进去,我还是十分感激的。因为被视为书话家族的一员,无论怎样,我都会引以为荣。

《书脉人缘》

董宁文凭借《开卷》的品牌,推出的书话随笔应该有数百种了。《开卷闲话》也出了十多集。而他真正为自己出版的"原创"书话,却只有《书脉人缘》(青岛出版社二〇一九年版)这一本。

十六年前,他有一册《人缘与书缘》,收在"六朝松艺文笔丛"里。当年,《开卷》杂志势头旺盛,正在筹办首届全国民间读书年会。我因一篇稿件与董宁文通电话,他说,过几天有个聚会,有空可以过来坐坐。我是当天早上乘火车赶去南京的。各地来宾刚逛完朝天宫书市,我便与之随行,旁听了会议。会上我见到闻名已久的徐雁,还有后来一直保持联系的陈克希。董宁文赠送了《人缘与书缘》,以及刚出版的"开卷文丛"第一辑。回来后,我为本市晚报编发一个专版,报道了这次会议。《人缘与书缘》当时读过,印象中似乎不太满足,觉得他还有更多、更好的素材没有写,一直都在期待他的下一本书。可是他一直都在"为人辛苦为人忙",直到十六年后才有《书脉人缘》问世。

《书脉人缘》后记里说,有一部分写书人书事的文章选自《人缘与书缘》。我核实了一下,旧书里书香气味浓郁的篇什,基本上被挪了过来,有十五篇之多。但全书另外三分之二,都是新作。所以,《书脉人缘》完全称得上是《人缘与书缘》的全新升级版。

二○一九年十月

书话家族(续)

《书报话旧》

郑逸梅是著名的"补白大王"、掌故大家,却很少有人注意到,他还是一位优秀的书话作家。他的《书报话旧》(学林出版社一九八三年版),应该算是一部标准的书话集。书中每一篇文章,都可以当作一则书话来读。但奇怪的是,几乎所有关于书话的讨论都不曾提及这本书。

当然,《书报话旧》中大量篇幅是谈图书出版和报刊发行的,只有一小部分专写具体的某册书或某位作者,可全书中没有一篇是与书籍、报刊无关的。即使按照书话的狭义概念,例如唐弢"一点事实,一点掌故,一点观点,一点抒情的气息"的说法,这本书的体例也丝毫没有越界。

我读《书报话旧》,了解到不少晚清民国出版界、读书界的情况。这里有商务印书馆、中华书局、开明书店的历史，有活页文选、连载小说的由来，还有所谓"百衲本""聚珍版""一折八扣"，以及大报、小报什么的。我后来比较关注《古今》作者群，也是因为从这本书里第一次得知有这么一份杂志。郑逸梅写道："当时上海的杂志有三个型式，一是《万象》型，二是《杂志》型，三是《古今》型。"

中国现代文学研究曾经有过一次学术转向，即从作家作品研究转向出版机制和报纸杂志研究。这本《书报话旧》无疑先行一步，后来者可以从中找到不少线索和话题。

《江浙访书记》

古代虽无书话之名，却有类似书话的文体，如题跋、叙录等。这些形式一直延续下来。现代作家、学者中，郑振铎、黄裳也写题跋，邓之诚、谢国桢也写叙录。他们此类著作，都堪称书话典范。

作为历史学家，谢国桢早年代表作《晚明史籍考》，其实也是一部叙录。不过，此书侧重学术性和史料价值，缺乏书话写作的文艺趣味。倒是晚年名著《江浙访书记》（北京三联书店一九八五年版），读来更加亲切。他早年也曾遍访各地公私藏书,写有游记体散文《三吴回忆录》,文笔清丽,传诵一时。晚年参与编辑《全国古籍善本书总目》,前往南京、扬州、苏州、常熟、上海、杭州、宁波、成都等八地的图书馆调查。《江浙访书记》便是此番采访所见善本,择其要者,以供读者参考。

全书共九部分,以访书踪迹为序,最后一部分记"瓜蒂庵自藏书",其中关于《留青日札》一则里写道:"今春多雨,灯前点滴,细听檐花,辄无足迹,一日傍晚,新雨初霁,斜阳在树,落英缤纷,坐窥窗外,见书友骑自行车,持蓝布书袱挟是书至矣,乃摒挡故物,竭其所有而易之。……所谓'礼乐攻吾短,诗书引兴长',晴窗展玩,偶一读之,足以使吾老眼犹明也。"人称谢国桢的老师梁启超"笔端常带感情";以上这段文字,可谓得其真传。

《书林琐记》

书话写作有许多不同的类型,例如,读书记、藏书记、访书记、买书记、卖书记或曰贩书记。孙殿起的《贩书偶记》实际上是一部书目,他的外甥雷梦水的《书林琐记》(人民日报出版社一九八八年版)才是一册真正的书话,一册"卖书者言"。

古旧书店的从业人员中,可谓藏龙卧虎。多年摸爬滚打的经验,使他们掌握的知识,远胜于那些纸上谈兵的专家学者。我读过一些文献学著作,但受益匪浅的还是《书林琐记》的附录——"古书常用名词术语浅说",简明、实用、一目了然。另外,书中有关古籍聚散、书肆兴衰、藏家生平、买家轶事、商家秘闻,包括封货检货、明码密码以及古书作伪的方式等等,都是在别的书里难得一见的。

说起雷梦水和《书林琐记》,人们常常会提到朱自清鼓励他写作一事。朱自清曾对他说:"写文用字要用日常语言所用的字,语言声调也要用日常语言所有的声调。"通览《书林琐记》一书,虽然算不上文言,却多为文白相杂,是一些文绉绉的语言。真正符合日常语言的,只有《朱自清先生买书记》《邓之诚先生买书》两篇。而根据文末的注释,这两篇是"经叶祖孚同志整理"。全书中,也只有这两篇是经人整理的。所谓整理,大概是根据作者口授笔录后再作加工;因而文字才接近日常语言吧。

《清园夜读》

许多年以后,我才知道王元化的《清园夜读》(海天出版社一九九三年版)是"以民间出版的方式得以问世"的。原来，一家出版社的副总编辑准备出版这部书稿，"选题在本社却未能通过"，只好另找关系，"筹资印制"。书是在深圳出的，制版则是在香港。繁体字横排，装帧设计相当考究。内文用的是进口双胶纸，白洁厚实。封面用的是铜版卡纸，深黑的底色上一杆峻挺的翠竹，浓重的光影里几片新叶摇曳。下端四字书名，嵌在砖红色的大理石纹上。我当年得到这么一册初版本，真是爱不释手。

《清园夜读》收录的都是王元化九十年代初潜心读书后的文章。全书分为考释、人物、掌故、书简、序跋五辑，记录的都是他转型期的阅读与思考。李泽厚曾以"思想家淡出，学问家凸显"来概括那个时代，王元化则倡导"有学术的思想和有思想的学术"，显然更进一层。其实，孔子早就说过："学而不思则罔，思而不学则殆。"学术和思想，本来就不可截然分开。若说有些著述给人留下了偏执一端的印象，那也只是作者在某个时期或针对某个具体问题有所偏重罢了。

回顾现代书话的历史，有偏重知识的，有偏重趣味的，也有偏重学术的，可偏重思想内涵且有深度的书话，除了周氏兄弟的著作，似乎只有这部

《清园夜读》。

《海天冰谷说书人》

写书话的女作者非常少,写得好的就更少了。在我的阅读记忆中,值得一提的只有两位:一位是扬之水,一位是恺蒂。

巧合的是,我注意到恺蒂,恰是因为扬之水的一篇短文《采一朵异乡的云》。此文当年作为《读书》杂志的"编辑室日志"刊出,没有署名。但明眼人不难看出,是出自该刊编辑赵丽雅也即扬之水之手。扬之水日记《〈读书〉十年》里,也有明确的记载。原来,她在此前和恺蒂见过面。一九九四年七月,恺蒂从伦敦回国探亲,杂志社宴请这位"《读书》最年轻的专栏作者"。扬之水在日记中写道:"此番相会,才有机会细作端详。原来是个 sweet girl。唇边一点黑痣,更使五官都生动起来。"同年,恺蒂出版了第一部书话集《海天冰谷说书人》(敦煌文艺出版社一九九四年版)。扬之水在《采一朵异乡的云》中说:"看到刚刚出版的《海天冰谷说书人》,倒生怕那点稚气随着时光流走了。"

恺蒂后来还出版过《酿一碗怀旧的酒》《书缘·情缘》等等,风格更加成熟,视野更加开阔。但她和扬之水一样，写作的重心逐渐超越了书话的范围。尽管她或许在别的领域有更深的造诣、有更大的成就，尽管她后来大量文章和访谈同样精彩纷呈，我最爱读的，还是她早年那些评说"英伦文事"、细数"别人家珍"的书话。

《捞针集》

陈子善是著名的新文学史料学家。我很早就听过一个说法，"阿英之后有子善"。当然，两人的路数并不完全相同。阿英注重史料的搜集整理，陈子善突出的贡献则在于辑佚。现代文学史上经典作家的佚文，还有文学史上的"失踪者"，都是他发掘的对象。

我读到他的第一本书，是"今人书话系列"里的《捞针集》(浙江人民出版社一九九七年版)。书中谈辑佚的成果，也谈珍稀的版本、初版本、签名本以及藏书票，还有新书评论、台港书话、著编序跋等。与同一系列其他著作相比，这本书并不特别耀眼。可今天回过头来看，一些曾经斑斓炫目者，业已黯然失色；倒是这册朴实的书话，经历岁月沉淀，依旧光泽如新。

陈子善的书话言之有物，都是干货，没有浮词艳句,以至于有读者觉得他缺乏文采。他的一位粉丝,某次私下向我透露了类似的看法。我当即予以反驳:不能这么讲。语言是传达意思的,意思说清楚就行了。史料考据,贵在实事求是,任何添枝加叶,都会以辞害意。试想,如果你手里掌握同样的资料,也来写一篇书话,成文之后复查一下,哪些地方没有表达清楚?哪些地方是多余的?最后你会发现,还是应该像他那样写!"增之一分则太长,减之一分则太短。"宋玉的标准,完全可以用来衡量文章的优劣。

《书楼寻踪》

无论是古籍收藏之丰富,还是读书写作之勤奋,韦力都算得上一个传奇。我最初注意到他,是因为读了《书楼寻踪》(河北教育出版社二○○四年版)。这是一部游记体的书话集,虽然所记为藏书楼,而非藏书。但了解一座藏书楼,它的主人,它的庋藏,它的兴衰,必须读许多书。寻找这些藏书楼的遗址,亲临现场,实地考察,必须走许多路。这本书,无疑是"读万卷书,行万里路"的成果。

读书和行路可以开阔眼界、增长见识,不言而喻。而在阅读和旅行时,希望将心得和见闻与人分享,又是人之常情。所以,读书记和游记这两类文体,历来都不乏作者和读者。韦力的《书楼寻踪》将两者结合起来,必然大受欢迎。他近年的写作,正是沿着这条路继续向前,而且越走越宽阔。从探访藏书楼,拓展到藏书家之墓、古旧书店、书肆、书坊、书局、书院以及今人书房、古籍拍卖现场、与书有关的会议;从寻觅藏书家遗迹,拓展到觅诗、觅词、觅曲、觅文、觅经、觅圣、觅理、觅宗……一路写来,洋洋洒洒,蔚为大观。

韦力的足迹,真是"踏遍青山"。前些年,他还来到我居住的滨江小城。本地几位书友陪他到大街小巷"寻踪"一番。晚宴小聚,得以幸会。他精力旺盛、兴趣广泛、记忆力好、下笔神速,都令人羡慕、钦佩。

《听橹小集》

苏州耦园里有一座听橹楼,知道的人似乎不多。同样濒临外城河,有一处听橹小筑,在当下读书界却是闻名遐迩。几年前,我与许进一同前去拜访,方才一睹真容。与听橹楼不同,听橹小筑并非单体建筑,而是单元式多层住宅楼顶楼的一户,有跃层,或许还要加上楼下一间车库。这便是王稼句读书写作的居所。

王稼句在听橹小筑撰写的书话集，前前后后，出版了数十种。凡能找见的，我都会细阅一番。印象最深的一本，书名恰巧是《听橹小集》（中华书局二〇〇九年版）。胡文辉读过此书，写了篇《书话家的气象》，称"王稼句是当今最好的书话家"。我完全赞同，只是理由正好相反。他认为王稼句书话的好处，不仅在文字，更在学问；我则以为，不仅在学问，更在文字。没有学问的书话，不过是些文字垃圾。有学问，文字又写得好看、耐读，岂不是锦上添花。像《听橹小集》里的许多篇什，无论是书人书事，还是风俗掌故，都可以当作美文来读。尤其是《说止庵》一文，我反复读过好几遍，真是文情俱胜；放到当代散文佳作选中，也是上乘之作。

书话有别于一般所谓散文，无须在意文字之美。但在书话写作中追求文字之美、追求散文境界的，此前有黄裳，如今是王稼句。他们都是一流的书话家，也是一流的散文家。

《书蠹牛津消夏记》

所谓博览群书，自然要涉猎古今中外。书话写作中,谈外国书籍的少之又少。即使偶尔有那么一两位,如冯亦代、董鼎山,也都是写些"海外书讯",而非个人收藏。所以,王强《书蠹牛津消夏记》(海豚出版社二〇一六年版)这样的著作,理应受到关注和重视。

中国人写外国书话,首先得过语言关,至少要精通一门外语。其次,国外拍卖市场成熟较早,珍本书价格不菲,收藏需要有一定的经济实力。既懂外语又有钱,还要爱读书、喜收藏,并愿意将藏书的心得和乐趣写出来,与人分享,这样的作者真是难得一遇。

作为"新东方联合创始人、真格基金联合创始人"的王强,恰好具备上述条件。更为难得的是,他与某些藏书家不同,并非为了装点门面或转手倒卖。他真的读书,有时钻研颇深,且有自己的见解。《书蠹牛津消夏记》里有一段关于英国散文家哈兹利特的文字,结尾处谈到钱锺书将温源宁《不够知己》坐实于哈氏《时代精神》,而忽视了欧佛伯利《性格特写》的影响。另外,介绍高罗佩"狄公奇案系列"英文原版时,他将原文与汉译本比较对照,认为按照公案小说的套路来"还原",高氏呕心沥血的艺术探寻以及对中国文化匠心独运的贡献完全都给毁了。这些评判非常到位，绝不可能出自不求甚解者的笔下。

《学林掌录》

谢泳的文章并非通常意义上的书话，之所以在这里说起，是因为他有一些写法与书话的写法相似。这种相似性，或许就是维特根斯坦所谓"家族相似性"吧。例如，他的成名作《旧人旧事》，也可以叫作《书人书事》。他还出版过《杂书过眼录》，并有二集、三集，归到书话一类，丝毫没有违和感。但是，谢泳写作的动机和意义，显然超出了书话写作之外。

我读谢泳的文章，最心仪的是他的文字，或曰文体，自然浑成，流畅妥帖，看似信口道来，却总是一语中的。在当代汉语写作中，谢泳的文体是极具辨识度的，通俗地讲，就是一眼便能看出文章是不是他写的。像这样独具个性风格的作者，今天并不多见，所以我佩服之至。

我的《花开花落》一书承他赐序，十分荣幸。不久前，又得他惠赠新著《学林掌录》（浙江古籍出版社二〇二〇版），快读一过，倍感亲切。书中有两段话，低调且又底气十足。其一："我一向认为

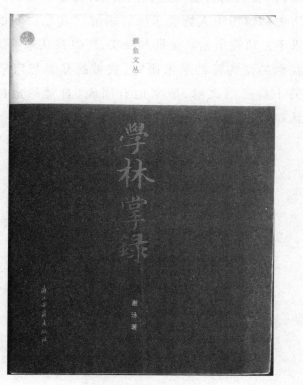

《学林掌录》封面

自己不是会写文章的人，只是能找点材料和略抒感慨，读者看的可能不是我的文章，而是我寻找到的历史和对历史人物表示出的感情。"其二："我的追求不是研究历史而是批判现实，所以我从来不认为我做的是纯粹的学术研究，我做的是思想启蒙。"关于自己的文章，原来他有明确、自觉的定位和认知。

二〇二二年二月

第二辑

又见阿左林

　　几年前,我曾编过一册戴望舒翻译的阿左林小品集《塞万提斯的未婚妻》。今年年初,花城出版社"文学馆"系列又推出一种阿左林小品新译本《著名的衰落》。译者林一安是一位西班牙语专家,他将阿左林的四部代表作悉数译出,合为一册,译文约三十万字。

　　阿左林在中国的译介和影响,已有许多专题研究成果,在此不赘。这里想说的是,阿左林几度备受关注,都与译本面市有关。二十世纪三十年代,戴望舒、徐霞村合译的《西万提斯的未婚妻》;四十年代,卞之琳的译本《阿左林小集》;八十年代,徐霞村将《西万提斯的未婚》改名为《西班牙小景》重新出版;随后又有徐曾惠、樊瑞华合译的《卡斯蒂利亚的花园》。近年来,则有新编戴望舒译本《塞万提斯的未婚妻》,以及林一安的这个新译本。

　　戴、徐合译本由法文转译,卞译本由法文、英文转译,徐、樊合译本由西班牙文译出。新编戴译本,第一辑由法文转译,第二、三辑由西班牙文译出。林一安的新译本,自然是由西班牙文译出。

阿左林是西班牙作家,使用西班牙文创作。直接由原文翻译过来,应该更加忠实于原著。可对读者而言,忠实固然重要,却不是最重要的。《西万提斯的未婚妻》和《阿左林小集》均为转译本,肯定会有失真的地方,而这并不影响普通读者的喜爱、知名作家(如周作人、汪曾祺等人)的推崇,并不影响它们成为翻译文学史上的经典。相反,《卡斯蒂利亚的花园》一书由西班牙原文译出,当时几乎没有任何反响;直到后来,有人收集各种阿左林译文时才注意到它。《著名的衰落》一书刚刚问世,会不会后来居上,尚待时间的检验。

林一安在《译者序》里说:"我翻译的原则是:尽量贴近原文,尊重原文的语序、语法、句子结构,译文力求清纯鲜活,力争精确,献上契合原作风格的译品。"贴近原文、契合原作风格,所有译者都追求这一目标;是否要尊重原文的语序、语法、句子结构,又当别论。翻译界历来就有直译与意译、异化与归化之争,两种译法各有短长。从林一安的表述看,他的选择近乎直译或异化。戴望舒没有明确

塞万提斯的未婚妻

[西班牙] 阿左林 著

戴望舒 译 桑农 编

生活·读书·新知 三联书店

《塞万提斯的未婚妻》封面

说明自己的翻译原则,可从他的译文看,其选择接近意译或归化。他的译文,就像傅雷主张的那样,仿佛是原作者用中文完成的创作。原文的语序、语法、句子结构,显然根据汉语习惯作了调整。由此可以推断,林一安的新译本与前辈译本相比,一定是各有千秋。

新译本的优势,主要体现在完整性方面。译者完整地翻译了阿左林四部代表作:《城镇》《西班牙》《卡斯蒂利亚》和《西班牙的一小时》。新译本正是缘此分为四卷,除了删去其中五篇,编目完全按原作顺序排列。这对于读者了解原作原貌,无疑带来极大的便利。

以往各种阿左林译本都是选译本,有译者按照自己兴趣选择翻译的,也有根据别人的选本翻译的。例如戴、徐合译的《西万提斯的未婚妻》,是根据法文本《西班牙》转译的。对照《著名的衰落》一书可知,这个法文本其实是一个选本,所收篇目分别来自《城镇》《西班牙》《卡斯蒂利亚》三本西班牙文原著。

新编戴译本《塞万提斯的未婚妻》第一辑,收录《西万提斯的未婚妻》中的戴译,自不待言。二、三两辑,分别收录二十世纪三十和四十年代见诸报刊的戴译。当时的排序只是考虑发表时间,这次核对篇目,却有一个意外的发现:第二辑三十年代的译文全部出自《西班牙的一小时》一书,第三辑四十年代译文全部出自《城镇》一书。这便与施蛰存《诗人身后事》中的一段叙述"对接"上了。

据施文记载,戴望舒曾翻译过阿左林的两本书,《西班牙的一小时》和《小城》(即《城镇》)。"所收各篇虽然大多发表过,但始终未印单行本。望舒极重视这些散文,发表后还经常修改,写成定本。"译稿当时还保存在施蛰存那里。他说,希望在有生之年,能使它们出版。然而,这两部译稿后来不知去向。凑巧的是,新编《塞万提斯的未婚妻》二、三两辑收录的,正是这两个"定本"中"发表过"的篇什。

另外,新编《塞万提斯的未婚妻》出版后,我又在旧杂志上找到一篇戴译阿左林小品的轶文《好推事》。在林一安的新译本中,这篇小品的新译名是《好法官》。

二〇一八年三月二十一日

鹤见祐辅随笔两种

一

日本学者鹤见祐辅为中国读者所知晓，主要是因为鲁迅先生选译了他的第一本随笔集《思想·山水·人物》。然而，鲁迅对该书中某些文章及观点，并不认同。他在译本题记里说："全篇有大背我意之处，也不加删节了。因为我的意思，是以为改变本相，不但对不起作者，也对不起读者的。"

鲁迅开始翻译《思想·山水·人物》，是由于书中个别篇目引起了他的共鸣。据考证，第一篇译文是《自以为是》。该文谈到当时日本流行的舆论："我们有什么用力于英文学和俄文学的必要呢，只要研究日本文学就好了。""与其我们来学外国语，倒不如要使世界上的人们都学日本语。"作者认为，日本人始终安住在《源氏物语》和《陡然草》的传统中，做着使日本语成为世界语的梦，粗粗一看,颇像是"爱国主义",但其中,却有着违反人类文化发达的许多危险。而在人类的历史发展中,最可怕的就是这种骄慢的"自以为是"。倘若付诸实施,个人的发达将停止,民族的发达也将停止。文章还提道:"现在的支那的衰运,也就是中华民国的自负心的结果呵。"这与鲁迅本人的观点基本一致。

随着翻译的继续,鲁迅逐渐意识到自己与鹤见祐辅的思想分歧。特别是在《说自由主义》一文中,鹤见祐辅反对将自由主义的中心思想弄成平等主义。因为平等是派生的结果,并非中心思想。鲁迅则赞同瞿提(今译歌德)所说,自由与平等不能并求也不能并得的话,人们只得先取其一。两人在自由与平等之间的取舍上,针锋相对。鹤见祐辅主张自由优先,鲁迅则主张平等优先。这自然与鲁迅当时的左翼立场有关系。

二

鹤见祐辅是日本自由主义的代表人物。《思想·山水·人物》的原书,初版于1924年。当时的日本,民主思想十分活跃,左翼思潮也非常流行。他的第二本随笔集《读书三昧》,初版于1936年。日本的左翼运动已经退潮，右翼军国主义甚嚣尘上，处于中间的自由主义遭到打压。鹤见祐辅在该书序里说："发表《思想·山水·人物》的时候和今日相比，日本的情势非常差异了。"其最深切的感受，便是"言论自由，到处甚感困难"。

当然，鹤见祐辅在《读书三昧》中，并没有放弃宣讲他的自由主义，只是"推敲思想，变更稿本不知几次"。他希望"行间之意，弦外之音"，能获得识者的心会。他的良苦用心，由其"心血之构"的长文《从世界史的角度一瞥》，大约可见一斑。

此文开篇即表示，日本右翼思想的兴起，正像此前左翼思想盛行一样，没有什么新奇的。随即，作者把话题转到"世界史"上。自古以来，人类的价值判断中，有认社会秩序为中心的，也有认个人自由为中心的。在古代希腊，以秩序为中心的，是斯巴达；以自由为中心，是亚典（今译雅典）。今日取法斯巴达的，是德、意等国；模仿亚典的，是英、法、美等国。作者进一步指出：斯巴达是国家主义；亚典是自由主义。斯巴达是保守主义；亚典是进步主义。斯巴达是锁国主义；亚典开放主义。斯巴达用武断的制度强迫国民服从；亚典则须先得人民的同意，然后才可以把文化的法制施行于国内。

斯巴达仅为自己而存在，除了称霸的历史，什么也没有留下；亚典则为全世界的人类而存在，艺术作品、哲学思想、法律制度，以及孕育这一切的精神，可谓世界文明最伟大的遗产。作者最后强调，从短短的十年或二十年看，排斥个人意识，剥夺社会成员的一切自由，可以强化集团。但从千万年的长期历史看，以无个性的成员为分子所成立的集团，是异常脆弱、极不牢固的；一旦崩溃，留下的只会是一片废墟。

在军国主义成为主流意识形态之际，言论自由的空间极度萎缩。鹤见祐辅只能借谈论"世界史"，来影射日本现状。他批评斯巴达，就是批评军国主义；推崇亚典，就是推崇自由主义。他对日本未来的担忧，更是跃然纸上。

三

两本集子里，均有多篇谈读书的随笔。介绍读书方法的，虽属平常，并非秘籍，却很实用。尤其对于初学者，依法而行，一定效果极佳。可谈到读书态度，前后两个集子有着明显且微妙的变化。

《思想·山水·人物》里，有一篇《书斋生活及其危险》。单从这样一个篇名上，就可以看出作者的主旨。根据作者观察，"书斋生活者"有唯我独尊的倾向，有"独善"的性癖。对于社会而言，会有两种不良影响：一种是，他们的思想本身的缺点，即容易变成和社会毫无关系的思想；另一种是，社会对于他们的思想的感想，即社会轻视这些自以为是者的言论。他希望，能在"书斋生活"和"街头生活"之间，保持圆满的调和。鲁迅当年翻译此文，感触颇深，特意写了一篇《译者附记》。想到自己反对青年躲进书斋，落得个"思想过激"的罪名，以及青年对社会略有言动，竟遭意外灾祸，鲁迅对"日本言论之自由"，还"不禁感慨系之"。

然而，十二年之后出版的《读书三昧》里，再也没有类似的言论了。该书第一篇，即题为《读书三昧》的短文，开篇写道："明窗之下，倚净几而翻读会心之书，是人生至乐的一回事。读书之乐，融融泄泄，心中的苦恼，如白云浮荡于夏日的天空，瞬息而归于幻灭。眼前一时得失，像蛮触末争似的，自该消失无遗了。"《枕头的书》一文，也是写这种读书之乐："当一天工作告终，疲劳的身体，兀自横陈榻上时，把灯火凑近一旁，安置两三卷自己爱读的书于枕伴，翻开读读也好，就是仅看看那装订和封面的样式也觉得痛快。昏昏欲睡，固然不可；精神奕奕，也所欢迎。枕边置爱读的书两三卷，听窗外雨声淅沥，难道不也是人生悦乐之一吗？"此后，《读书人闲话》《近代人的读书》诸文，一再重复这种读书至乐的境界，并将其视为读书的真谛："我将我的心、我的情、我的全灵放射于书中；我和书浑然地融为一体的境地，这才是真正的读书三昧。"

这些把读书描绘得如此美好的文字，单独看没有什么不对。可考虑到作者此前对所谓"书斋生活"的警示，不难发现他已经开始从"兼济"转向"独善"了。读书不再以介入社会为追求，而以自娱自乐为目的。外在环境的恶化，恐怕起着决定性的影响作用。

四

鹤见祐辅在《读书三昧》的序里说："由明治维新数来六十九年，我国立于这样危难局面的，可以说从未尝有。"他所谓"危难局面"，是指一切维新改革的实践，包括所有向西方学习的议会制度、国际关系法则以及经济政策，都遭受批评和攻击，军国主义鼓噪起一个"膨胀的日本"。

军国主义，也就是把国家完全置于军事控制之下。对内,实行的是专制主义;对外,实行的是帝国主义。而其核心的价值观,是国家主义,即认为国家的正义性毋庸置疑,并以国家利益为神圣本位,倡导所有国民在国家至上的信念导引下,抑制和放弃私我,共同为国家的繁荣昌盛而努力。有了"爱国主义"这面大旗,德国的纳粹主义、意大利的法西斯主义、日本的军国主义,都一度所向披靡。在这种形势下,鹤见祐辅想在日本推行自由主义,没有丝毫可能。他只有从"街头生活"退回到"书斋生活",并且一退再退,最后竟然也被对手裹挟而去。

就在《读书三昧》出版的一九三六年,日本军国主义者上台,完全执掌了国家政权。由于"爱国主义"的感召,鹤见祐辅终于参加了法西斯政府。一九三七年,抗日战争全面爆发,他还代表日本政府去美国等西方国家游说,谋取支持。第二次世界大战结束,鹤见祐辅受到审判。刑满释放后,担任过日本进步党干事长,一九七三年去世。

二〇一六年四月

《希腊女诗人萨波》眉批

一

钟叔河编订的《周作人作品集》最近终于出齐了,合计两辑四十种。与止庵校订的《周作人自编文集》对比,多出了四种:一种是根据作者自拟目录辑存的《饭后随笔》,另三种为译作《陀螺》《冥土旅行》和《希腊女诗人萨波》。这最后一种,其实应称"编译"。

该书"出版题记"中写道:"周作人为少有的通古希腊文的专家,序云:'介绍希腊女诗人萨波到中国来的心愿,我是怀的很久了。最初……写了一篇古文的《希腊女诗人》,发表在以前的《小说月报》上边'。此文作于一九二六年,后收入《自己的园地》集中。"这段话有两处值得商榷。

首先是周作人原序里说的那篇"古文的"《希腊女诗人》,并未"发表在以前的《小说月报》上边"。据《周作人日记》记载,该文作于一九一四年四月九日。另据他一九二六年刊于《语丝》的《茶话》系列之《希腊女诗人》中所述,该文于民国四年(一九一五年)刊登在《禹域日报》上。《知堂回想录·自己的工作三》里说,乙卯年(一九一五年)十月,曾将该文与几篇讲希腊的抄在一起,总名《异域文谈》,寄给小说月报社,"乃承蒙赏识,覆信称为'不可无一,不能有二'之作,并由墨润堂书坊转送来稿酬十七元"。周作人虽然收到稿费,文章后来却未在《小说月报》上刊出。为新书作序时,他没有去查核,仅凭模糊的印象而已。《知堂回想录·我的工作一》里,他重抄这篇序文,将此句改为"发表在绍兴的刘大白主编的《禹域日报》上边"。

钟叔河接下来说:"此文作于一九二六年,后收入《自己的园地》集中。"作于一九二六年"的"此文",当是《茶话》系列之《希腊女诗人》。《茶话》系列原于一九二五年十月至一九二六年八月在《语丝》杂志上连载,后收入一九二七年北新书局出版的《自己的园地》修订版。"此文"前半部分照录了"古文的《希腊女诗人》",后半部分是白话文写的,主要交待他此后相关的译介情况。钟叔河显然是将两篇文章混淆了。

二

周作人对这位希腊女诗人的译介,"最初"见诸报刊的,其实也不是这篇"古文的"《希腊女诗人》,而是一九一四年二月一日刊于《中华小说界》的《艺文杂话》系列之《萨复》。此后出版的《欧洲文学史》(一九一八年)一书里,自然有相关介绍。另外,在《希腊的小诗》(一九二三年)等文中,也有零星的译作。最后的重头戏,无疑是一九四九年八月完成编译、一九五一年八月由上海出版公司印行的这部《希腊女诗人萨波》。

这本书的主体部分,是六篇译文。据"例言"自述:"本文六篇,均取自英国韦格耳著《萨波传》中,全书太繁冗,故其余未译出。"查脚注可知,这六篇在原书中,依次为第一、二、九、十六、十四、十五章。周作人选译这六章的标准是什么呢?他在"序言"里解释是,摘译的这六篇,"把萨波的生活大概说及了,遗诗也什九收罗在内"。

通览周作人的译文,可以看到不少涉及"风土及衣食住"的内容,这与他兴趣志向是一致的。他在"序言"里说:"或者有人觉得繁琐……但与知人论世上面大概亦不无用处,我常想假如有人做杜少陵或是陆放翁的新传,不知他能否在这些方面有同样的叙述,使我们知道唐宋人日常的起居饮食,可以推想我们诗人家居的情状,在我是觉得这非常可以感谢的。"在其他场合,他也多次表达过同样的意思,例如《茶汤》一文里说:"我们看古人的作品,对于他的思想感情,大抵都可了解,因为虽然有年代间隔,那些知识分子的意见总还可想象得到,唯独他们的生活,我们便大部分不知道,无从想象了。……从前章太炎先生批评考古学家,他们考了一天星斗,我问他汉朝人吃饭是怎样的,他们能说出吗?"故而他希望:"……多记这些繁琐的事物,我们还可根据了与现有的风俗比较,说不定能够明白一点过去。"

或是考虑到这方面的因素,周作人在《知堂回想录·我的工作一》里谈到《希腊女诗人萨波》时,毫不掩饰地说:"我对于这书很是满意。"

三

周作人对《希腊女诗人萨波》一书"很是满意",还有一个原因,那就是在六篇本文之外,另加了十篇附录。"例言"里有说明:"有可补充的材料,收入各篇后附录甲中。文中所录萨波的诗,另照诗集原文校译，列为附录乙，此系原诗真面目，可资参考处当不少。"传记兼附诗集，本来就是理想的读本，何况这些附录中的译诗又是根据希腊原文一一校对，较英文本更胜一筹。

《希腊女诗人萨波》初版三千册，之后就绝版了。二十一世纪初，田晓菲编译《"萨福"：一个欧美文学传统的生成》，遍访此书而未得。她在"引言"中写道："当初，我还是因为看了周氏的译文，深为其素朴优美感动，才发心翻译古希腊诗歌。……我一直想找到他根据英国韦格耳的《萨福传》编译的《希腊女诗人萨波》（上海出版公司一九五一年初版），但还没有如愿。"田晓菲的书是二〇〇三年由生活·读书·新知三联书店出版的，此前旧书网店还没有流行，一九五一年版的旧书确实很难找。而新版，要等到十年后，才首次出现在止庵编的十二卷本《周作人译文全集》（上海人民出版社二〇一二年初版）中。钟叔河编订的这册单行本，问世时间则更晚，版权页上印的是二〇二〇年十月。

田晓菲的《"萨福"：一个欧美文学传统的生成》，同样是中国萨福译介史上的名作。书中也有精选的附录和精到的注释，尤其是她在注释中将前人的译文拿来比较，往往有精辟的见解。不过，她关于周作人译诗的论述,有些地方尚待推敲。例如,"萨福歌诗一〇一首"之五十六的"译者注"里列出周作人的两个译本,一白话,一文言。她说,白话译本出自《希腊的小诗》(一九二三年),文言译本出自《希腊女诗人》(一九二六年)。她与钟叔河一样,没有将两篇《希腊女诗人》区分开来。此诗的文言译本,应该出自"古文的"《希腊女诗人》(一九一四年)。

这首诗,周作人先后翻译过三次,除了上述两个译本,最后的译本在《希腊女诗人萨波》里。田晓菲"译者注"谈到周译中的"甘棠"一词,说:"周作人选择'甘棠'是很合适的(在坎贝尔和卡尔森译本里,是 sweet-apple)。周氏把希腊原文的 glukumalon 解为'苹果接种于柚树而成',我不甚清楚有何根据,而且,'甘棠'其实不是苹果,而是'棠梨',又称'杜梨'。但是,从文字的感觉来说,我倾向于甘棠,因其音节优美,字面雅致,又见于《诗》之《召南》,古意盎然。苹果则近俗。"如果田晓菲读到《希腊女诗人萨波》里的译本,发现周作人最终将"甘棠"校改为"甜苹果",不知她有何感想?

二〇二一年五月

潘玉良的艺术之路

　　岁末年初,芜湖市博物馆举办的《归来——潘玉良美术作品展》无疑是本地一桩文化盛事。画展取名"归来",自然因为画家是从这里走出去的。

　　潘玉良生于扬州,父母早亡,被舅父卖入芜湖青楼,遇到时任芜湖海关监督的潘赞化,后随之去上海,从此走上了"由妓妾到一代画魂"之路。关于她的小说、电影、电视剧都曾风靡一时,但大多是"想当然耳"。她的艺术生涯以及艺术成就,一般人却知之甚少。这次画展,对于了解艺术史上的潘玉良,是一次难得的机缘。

　　近些年来,随着全集的出版、年谱的编撰、拍卖行情的看涨以及各地频繁的画展,潘玉良作为中国现代艺术史上一流画家的地位得到普遍认可。其实,早在一九三七年赴法之前,她在国内也是公认的一流画家。

　　潘玉良的学历,在民国画坛,可谓力压群雄。

她与徐悲鸿、林风眠一样，求学于巴黎国立高等美术学院。而该校为最优秀的学员颁发罗马奖，资助前往罗马皇家美术学院进修学习。徐、林等人都是直接回国的，只有潘玉良一人去了意大利，成为当时世界最高艺苑唯一一名中国籍毕业生。所以她一回国，刘海粟即聘其为上海美专西洋画系主任。随后，她又和徐悲鸿一起受聘于中央大学艺术系，是该系仅有的两位西洋画主讲教师。她在上海和南京举办的几次个人画展，都是盛况空前，好评如潮。

前往观展的不仅有艺术界名流，一些政界要人也来捧场。蔡元培、柏文蔚且不说，林森、孙科、汪兆铭、陈公博、张道藩等，都亲临展厅，并当场订购其画作。在报刊上发表评论的专业人士，有苏雪林、倪贻德、陈之佛、张道藩、徐悲鸿、李金发、俞剑华、张仃、常任侠等。常任侠《观潘玉良教授西画展》里称："画人徐悲鸿，对于艺苑评陟殊严，尝谓中国仅有三画师，而潘居其一。"而徐悲鸿《参观玉良夫人个展感言》里确实有云："真艺没落，吾道式微，乃欲求其人而振之，士大夫无得，而得巾帼英雄潘玉良夫人。"早年留学法国的雕塑家、诗人李金发在《潘玉良画展略评》里则说："她的作品就摆

潘玉良画作《读书的女人》

在法国的第一流作家之群,我敢说也不逊色。本国许多投机取巧的男画家,当然不能望其项背。"

最令人惊奇的画评,是陈独秀撰写的三则题跋。一九三七年六月十二日,《中央日报》发表题为《潘玉良画展巡礼》的专访,肩题竟然是"白描速写冶中西画理于一炉,陈独秀在狱中题字大加赞赏"。文中特别强调,在狱中埋头读书的陈独秀,对潘玉良的白描速写大加赞赏,称其为"新白描体",并全文引述了这三则题画赞语。巧的是,陈独秀题跋的三幅原作,都幸运地保存了下来。一幅现藏于中国美术馆,两幅现藏于安徽博物院。这次在芜湖展出的,正是安徽博物院的藏品,其中也有一组白描速写;遗憾的是,陈独秀题跋的作品却不在其中。鉴于这几句题跋对潘玉良绘画艺术的点评十分到位,现转录如下:

> 以欧洲油画雕塑之神味入中国之白描,余称之曰新白描,玉良以为然乎? 廿六年初夏,独秀。

> 余识玉良女士二十余年矣,日见其进,未见其止,近所作油画已入纵横自如之境,非复

以运笔配色见长矣。今见其新白描体,知其进犹未已也。

玉良女士近作此体,合中西于一冶。其作始也犹简,其成功也必巨。谓余不信,拭目俟之。廿六年初夏,独秀题于金陵。

陈独秀讲,他初识潘玉良是二十余年前;具体说,应该是二十四年前,地点即在芜湖。潘赞化后来写给潘玉良的信中有言:"我们在芜湖十九道住,陶塘兵变我受嫌疑,陈仲甫被捕,还记得罢!"那是一九一三年"二次革命"时的事,随后他们相继逃离芜湖,都去了上海。一九三三年,陈独秀被判"以文字为叛国之宣传"罪,押解南京老虎桥第一模范监狱。一九三七年,潘玉良筹办画展前夕,带着画作前往探监,这才有了上述题跋。监狱在押政治犯的评论,公然刊于《中央日报》;而在同一篇报道中,还有内政部常务次长张道藩的应声附和。现在想来,真是不可思议。

陈独秀推崇潘玉良的白描画,称之为"新白描",指出其"以欧洲油画雕塑之神味入中国之白描","合中西于一冶",可谓慧眼独具。从潘玉良的创作历程看，当时只是"一种新试作"（张道藩语）。她后来旅居法国，将这种尝试发扬光大。不仅是白描画，在彩墨画上更是独树一帜。

潘玉良早期的油画，受过学院派严格的训练，重视写生，人体画和风景画都功力深厚。她的作品还兼具印象派、后期印象派以及野兽派的特色，呈现东方韵味。从题材上看，目前学界关注的是她的自画像，还有女性人体画。作为女画家、东方人，身体与身份、性别与文化诸问题，都必须纳入女性主义和后殖民主义视域重新审视。从形式上看，油画之外，潘玉良白描画和彩墨画中的书法线条和水墨技法，尤其受到西方艺术界的称道。她晚年在欧美各地多次举办个人画展，海报上选用的不是白描画就是彩墨画。

一九六二年，潘玉良在美国檀香山、旧金山、纽约举办巡回画展，法国巴黎东方艺术博物馆馆长叶赛夫（V. Elisseeff）撰文推荐。其中写道："潘玉良融合全部所学，孜孜不倦地探求各种用线条产生立体感的可能。她的素描总是很干净利落，显示了中国书法的笔致。……她的作品是以中西画融合起来，加上她自己的面目而创造出来的。……无论油画素描，都有中国字画的笔法，用生动的线条来形容实体的柔和自在,这就是潘夫人特创的风格。"
对照此前陈独秀的题跋,见解如出一辙。

　　再说这次芜湖市博物馆举办的潘玉良画展,也
是按油画、白描画、彩墨画的类别来安排展示单
元。其中,彩墨画被标识为"国画"。早年在国内
传授西方油画、色粉画的技术,晚年向世界呈现东
方白描画、彩墨画的神韵,这就是潘玉良的艺术
之路。

二〇一八年一月二十四日

《小说闲谈》购藏记

在万卷书屋看到阿英《小说闲谈》一套四种，品相甚佳，当即拿下。这套书曾经读过前两册，那已是三十多年前的事了。那是在一位前辈家，见到这样有两册朴素的小书，纯白色的封面，没有任何装饰图案。书名和作者名，都是手写钢笔字影印的。借回家来细读一遍，内容也非常喜欢。想自购收藏，怎奈当年图书发行渠道有限，一直无缘相遇。这一回，当然不能放过。

初读《小说闲谈》及《二谈》，正值心仪书话之际。《晦庵书话》《西谛书话》《知堂书话》，大约都是同时读到的。私下常想，阿英此类文章也应该编一部《XX书话》才好。可等了这么多年，也未见集阿英书话大成之书出版。现在，要向读者推荐阿英书话经典，这套《小说闲谈》似乎是最佳的选择。

书名《小说闲谈》，其实并非专谈小说的书。翻开第一册目录就可看到，文章谈及的，除小说之外,尚有弹词、杂剧,还有几篇"买书记"。其中有三组短文,总标题为"小说闲谈"。阿英或许也像有些人汇编文集出版时一样,取书中某篇的标题作为书名。这样做是方便,但也有缺点,就是容易引起读者以偏概全的误会。

据《小说闲谈》小引所记,此书系一九三六年初版的改订本。删掉一些篇目,又从《弹词小说评考》《夜航集》《海市集》里移来一些。"一九三三年至一九三五年前期所写,感到还足供通俗文学研究者参考的,大体都收在这里了。"显然,这本书可以视为作者"阶段性成果"的自选集。《二谈》所收文章系一九三五到一九三六两年间所写,因为性质类同,当为续编。至于《三谈》,作者只是初拟了若干篇目,不久便去世了。《三谈》和《四谈》都是吴泰昌、钱小云辑集整理的;是否继承了阿英既定的编辑理念,很难说。

《小说二谈》一书,原题为《中国俗文学研究》。这里的"俗文学",即通俗文学,当时指的是所有古代小说和戏曲。按传统的标准,这类文体不登大雅之堂,藏书家大多弃之如敝屣。直到阿英和郑振铎开始倾囊收购,才成为一项专门的藏书类别。两位大家不仅收藏颇为可观,还利用藏书从事学术研

《小说闲谈》购藏记

五九

究，成果丰硕。专题研究论文之外，两人都写有大量叙录、题跋和书话。并且，即使是论文，由于饱含文人情趣的笔调，也仿佛是加长版的书话。

阿英书话中，我最爱读的是那些"买书记"。《小说闲谈》里的《城隍庙的书市》《西门买书记》《海上买书记》均为名篇；《二谈》里的《浙东访小说记》《苏常买书记》和《四谈》里的《津门觅书小记》也属于此类。这些文章记叙作者买书的亲身经历，既有趣味，又可作为史料；在书话写作中，有别于读书记、藏书记、贩书记而独树一帜。可惜就这么几篇，加上《平津日记》里可以摘录的相应文字，合在一起也够不上一百页的小册子。现在的出版社考虑经济效益，不大可能会印这样一册小书。要是当年没有那么多战争和运动，阿英能有一个安静的环境写作，将买书时有趣的见闻一一写下来，出一本专书或合集，那该多好。

阿英书话里有一篇《陵汴卖书记》，容易与"买书记"混淆。其实，这是一篇"正宗"的书话，内容是介绍自己所藏旧书《金陵卖书记》和《汴梁卖书记》。此文还引起了唐弢、姜德明的兴趣，二人也先后收藏了这两种书，且都撰写了书话。将三人的文章对读，极有意思。学术界有"学术共同体"一说,书话界也有一个"书话共同体"呢。

最近,有位肖毛先生撰写《〈小说闲谈〉系列的前世今生》一文,比较不同版本选目的差异。文中对《阿英全集》的编辑表示不解,即全集里完整保留了《小说闲谈》和《二谈》,而《三谈》和《四谈》汇集的文章被拆开作为"散篇",好像不愿意承认它们的合法地位似的。对此,我所了解的情况是,编者确实是有意这样做的。原来阿英的小女婿是位作家,利用岳父的人脉,广交文艺界名流,出版过一册《艺文轶话》,有了一点名气。不想此公晚年与妻子离婚,与阿英后人再无来往。当初他染指编辑出版的各种阿英文选,都必须从全集里清除痕迹。这原是公开的秘密,可毕竟是别人家事,本不该在此饶舌;但这又关系到阿英著作版本的来龙去脉,就顾不得冒犯写在这里,免得阿英的研究者(如肖毛先生等人)再有什么疑惑。

鉴于上述原因,《小说闲谈》和《二谈》还有再版的可能,而《三谈》和《四谈》以及四种合刊本,应该是永远的绝版书了。

二〇一八年十月

《阿英信稿》识小

去年是阿英诞辰一百二十周年,《芜湖日报》策划了一个专版,纪念这位芜湖籍文化名人,编辑约我写了一篇稿子。阿英的长孙钱荣毅先生看到后,发来一则微信,其中写道:

……吴家荣教授发我《芜湖日报》一版,感谢您的文章使家乡人民对阿英能有所了解。纪念会应该是疫情影响,一直没有消息。春节后联系了两次,说上面未批下来,让我再等消息,至今也没有说法。你们的专版能在年底前刊出,我们家属深感欣慰!向您和您的友人表示感谢!我目前在编《阿英往来书信集》,拟收入阿英和友朋往来书信400封,中国现代文学馆同意资助出版,争取一季度能完稿,现还在努力联系各位前辈的后人给予出版授权。

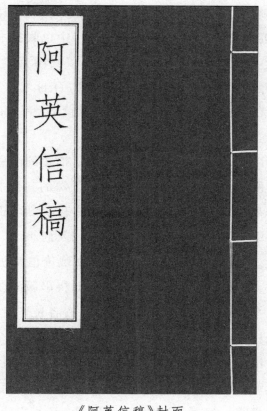

《阿英信稿》封面

《阿英往来书信集》即将问世，这是一个令人期待的喜讯。书信手迹的收藏、整理、出版，历来都备受关注。以前的名人文集，都有"书信卷"。《阿英全集》以及《阿英全集·附卷》中也收有书信，大约一百二十封左右。这一回不仅是阿英本人写的，还有别人写给他的，而且有四百封之多。我想，无论是专业研究者还是普通读者，都翘首以待吧。

以前，在网上看到"阿英信札"拍卖的消息，也曾顺便浏览。记得有阿英写给赵景深的一批书信；其余都是别人写给阿英的，有郭沫若、茅盾、田汉、李一氓、柳亚子等人的，还有梅兰芳、尚小云、马连良的。这些信札的史料价值和收藏价值都极高。不过，拍卖市场有时真伪难辨。即将出版的《阿英往来书信集》由阿英家属编辑，并有各位作者的后人授权，当是确信无疑。

记不清从哪里得知，曾经出过一册《阿英信稿》。上网一搜，果然旧书网店有售。下单后，书很快寄来。宣纸线装本，一函一册，江苏广陵古籍刻印社一九九八年印刷。内收阿英写给十六位亲朋的九十二封书信，与《阿英全集》第四卷收录的大致相同。然而，这里是手迹影印，读来倍感亲切，所谓"见字如面"。

先前有战争，后来有动乱，阿英书信保存下来的，不过是冰山一角。有意思的是，这册信稿中，提供手札最多的收信人，并非子女或文友，而是两位经营古旧书籍的书商：王松泉十八通，江澄波二十七通。要了解阿英晚年的藏书生涯，这些信件是难得的第一手资料。

王松泉，浙江绍兴人，早年在杭州朱遂翔的抱经堂书店做学徒，专攻古籍修复，后被推荐到上海朱遂翔之弟朱遂轩的传经堂书店，传授修书技艺。阿英当年在上海，是传经堂的常客，两人一来二往，熟悉起来。王松泉离开传经堂时，暂无去处，阿英便邀请他住在自己家中，为其修书，同时也代其访书、售书。阿英书话名篇《浙东访小说记》写的就是由王松泉介绍赴余姚收购虞氏藏书的经历。

王松泉在阿英家一住就是两年，之后去帮友人开书店，再后来回到杭州，创办了"松泉阁"。五十年代初，实行集体所有制，几家旧书店合并，成立出新书店，王松泉任经理。其间，除阿英之外，他也为田家英、陈伯达、康生等人代寻善本古籍。现存于《阿英信稿》中的前几封信，就涉及康生购买《董西厢》之事。七十年代初，出新书店奉命关闭，王松泉被分派到食品商店做营业员。现存于《阿英信稿》的后十封信便是写于此际,多是日常安慰之语。一九七七年,杭州图书馆创设古籍部,聘请业已退休的王松泉协助整理古籍,讲授古籍修复知识。同年,阿英去世。王松泉晚年写有《阿英求书琐忆》一文,发表于《读书》杂志,后被收入《阿英纪念文集》。

江澄波出生于苏州古旧书店世家,祖父创建的"文学山房"远近闻名。二十世纪三十年代,书店经常接待的学者名流,包括郑振铎、顾颉刚等,当然也有阿英。阿英当年就写过《苏常买书记》和《苏州书市》。在后一篇文章中,阿英写道:"上海书价昂贵,且精品不多,故余每喜往苏购取。……进城,至察院场。于是,始文学山房,依次……一路访书。"

阿英与江澄波的交往始于一九五八年,其时文学山房早已并入苏州古旧书店。据说是由戏剧家周贻白介绍,阿英在书店邮购了一批晚清画报,从此与江澄波开始通信,让他代为搜书。现存于《阿英信稿》的二十七封信,内容主要与购书有关,有的上面还开有详细的书单。阿英对江澄波的为人和业务能力都非常信任,视为忘年书友。江澄波后来写过两篇文章，《替阿英找书》和《阿英的苏州书缘》，均收入他不久前出版的《吴门贩书丛谈》。

阿英的长女钱璎和女婿凡一都在苏州工作，分别担任市文化部门的领导。书店方面对阿英的来信，似乎特别重视。写给江澄波的信，常常被拆阅后再转给他。《阿英信稿》影印件上，可以看到单位负责人的批语，存档的印记，还有注明事情是否办理的信息，如寄书、收款等等。仅仅读《阿英全集》中的书信释文，是不会知道这些细节的。

稍有遗憾的是，不知是当时摄像技术还是复印技术不过关，或是宣纸不适宜印刷高清图片，《阿英信稿》里的字迹，不少印得非常模糊。即将问世的《阿英往来书信集》虽有400多封，但排印出来，书页应该也不算太厚。如果能将保存完好的书信原件高清原色影印出来，一方面可以为读者提供更直观、更丰富的信息，一方面也可以给收藏爱好者提供一部具有观赏性的精美图录。

名人书信，在当下出版界也是热门选题，阿英在读书界又拥有无数的"粉丝"，一部典藏版的《阿英往来书信集》，必定广受欢迎。

二〇二一年一月二十九日

阿英致赵景深的一封信

　　几年前,上海朵云轩拍卖过阿英致赵景深信札十二通。网站上公布的图片模糊不清,难以识读。最近面世的《阿英与友朋书信辑录》(钱荣毅编,作家出版社二〇二二年二月版),开篇便是"阿英致赵景深(十四函)",即原《阿英全集》里的两封,加上这十二封。书中各信的释文,按时间先后排序;第一封写于一九三四年,当是目前所见阿英存世最早的一封信。

　　赵景深是阿英的小学同学,时为复旦大学教授,兼任北新书局总编辑。阿英写信给他,详细叙述了自己搜集、编选、研读晚明小品的所得所思,询问书局是否有出版意向。从这封信考察阿英在当年"小品文热"中的表现,或许可以为二十世纪三十年代的中国文学史增添一点细节。

一

循例寒暄之后，阿英写道："弟年来研究明季文学，搜罗晚明集子不少，特殊是公安、竟陵二派。"接下来，他列举了一些书名，主要是袁中郎的著作，多为明刊本，其中包括"伪作"《狂言》。这段文字谈到的部分书籍，在他的书话名篇《海上买书记》中也有所涉及，可以相互参看。

阿英是当时知名的左翼作家、批评家，也是公认的藏书大家。除新文学史料之外，他的藏品集中在明清小说、弹词、戏曲等通俗文学方面。他对晚明小品的关注，应该是受到周作人的影响。一九三二年，周作人出版讲稿《中国新文学的源流》，使沉寂了三百年的公安派、竟陵派文学再度引发文坛热议。阿英于一九三三年九月在《申报·自由谈》上发表《读〈狂言〉》一文，便是针对周作人"极端推崇袁中郎"的回应。他以"不久买到的中郎的两卷《狂言》"为例，试图反驳周作人的某些主张。可惜，这部《狂言》虽是明刊本，却是坊间冒名的伪作，袁中郎的弟弟袁小修当年就已指出。阿英随即也发现了自己的这一疏误，一年后写给赵景深的信中，方才特意注明。

不过，阿英对袁中郎的认知，却始终没有改变。一九三三年十月，他又在《申报·自由谈》上连载长文《袁中郎做官》，这回征引的材料是袁中郎尺牍。一九三四年七月，《人间世》第七期上刊出了他的《袁中郎与政治》一文，引用资料更加全面丰富，见解也更加明确。这两篇文章的标题，明显昭示了作者与众不同的独特视角和现实关怀。

二

阿英在信中还列出了他"精选"晚明小品的书目、使用的版本，说明了编选的体例和预期的读者市场，并谈到版税问题，可谓事无巨细。只是从事情的结果看，北新书局并没有采纳他的出版计划。

阿英设想的晚明小品选集，计十种，包括袁宏道、袁宗道、袁小修、钟伯敬、谭元春、陈眉公、王思任、屠隆、徐文长、汤若士。这份名单的选择，以手头现有的资料为依托，也体现了编者对各家文学价值的判断。一九三六年，上海大江书店出版了阿英编选的四辑《晚明小品文库》，全书收录作者二十家，依次为徐文长、陶石篑、江进之、屠赤水、汤宾尹、袁伯修、袁中郎、袁小修、虞德园、李清、李卓吾、刘同人、张大复、汤若士、沈君烈、钟伯敬、谭元春、李流芳、周亮工、王道〔猷〕定。两相对照，前述十家中，陈眉公和王思任两位被淘汰了。排除陈眉公，是因为阿英后来写过《明末的反山人文学》等好几篇文章，特别是他从鲁迅杂文里转引了那首讽刺陈眉公山人丑态的七言律诗；没选王思任，便不知何故了。

《晚明小品文库》新增的十余家，大体仍在周作人划定的圈子内。阿英似乎有意突出李卓吾、江进之，以纠正对袁中郎的片面强调。例如其《李龙湖尺牍小引》，劈头第一句："如果有人同时举出袁宏道李卓吾两人，问我比较的爱好谁个，我将毫不迟疑地告诉他：我欢喜李卓吾，是远超过袁宏道。"但是，周作人对李卓吾的推崇，原本就"远超过"对袁宏道的推崇，尤其是在思想史的意义上。阿英称赞李卓吾的叛逆性，其实与之大同小异。

三

关于袁中郎著作的整理出版，阿英显然十分热衷。他在信中说，等将各种版本搜集齐全，准备编纂《袁中郎合集》系列，"依次刊行"，以便学者"考察作者一生思想的转变顺序"。

这一计划，同样没有付诸实施。市面上能见到的阿英编校的袁中郎专集，仅有《袁中郎尺牍全稿》一种，上海南强书局一九三四年八月出版。此书版权页上的标点者，署的是另一笔名"王英"。书前的"序"，后来收入《海市集》，题为《袁宏道尺牍全稿引》；书后的"跋"，《阿英全集》及附卷均未见，算是一则轶文。现全文抄录如下：

"右袁中郎尺牍五卷，据同治本《袁中郎全集》标点，并据钟伯敬四十卷全集本增补。参校之书为袁氏善〔书〕种堂原刻《锦帆集》（按：即尺牍第一卷），《解脱集》（第二卷），《瓶花斋集》（第三卷），《潇碧堂集》（第四卷），明刻《三袁集》中之《袁中郎遗稿》（第五卷），及明版《梨云馆类定袁中郎全集》原刻本。最初颇有作一校勘记意思，排版既竣工，刘大杰先生改编全集计划已开始。刘本既有详尽的校勘记，尺牍单本大可不必，遂中止。关于标点，初稿成后，曾经少数友人校阅，但错误仍恐不能免，望读者随时予以指正，俾得改善。一九三四年七月校后记。"

鲁迅杂文《一思而行》中有"买袁中郎尺牍半本"一句，《鲁迅全集》注释里说"当时……上海南强书局出版过《袁中郎尺牍全稿》"，仿佛"半本"即是在挖苦"全稿"。可杂文写于一九三四年五月十

袁中郎全集序

阿英

世人號瀟湲中郎，世人號學瀟中郎，可是所說的中郎，究竟能有幾分像，所學的中郎，究竟還是姓淺不？愚小子曰，除掉很少數的而外，大都是捍著了中郎的反肘耳，與中郎的肺腑骨髓何干？這樣的恭給中郎，正是投著們中郎。就是那鳥中郎的，又何嘗在中郎身上用遏一點工夫，圈一圈皆紅龜白，狀是翻畏觀塗，亂舞刀愴，說頭踏打，把一個死徒之身，弄得遍體青腫，這種還不白之冤，中郎死而有知，真不知要向何處仲訴！

中郎的遠一頓覧杯，主要的是吃在現世的，一班信他作揹護的人身上。他們沒有正面黑暗的勇氣，後有反抗暴力的精神，整要拋出一個死中郎，來作自己的盾牌，說中郎生在黑暗的時代，他是雄開亂勁的社會，走向隱遁的山林，以表示自己的逃避，正英湲中郎一滿人物，是屆尙的詩人風庋，是亂世保身之道。其實，袁中郎展骨望寒，

袁中郎全集　序

時代圖書公司

《袁中郎全集》第四卷序

四日,书是八月才出版的,前者讽刺后者的可能性不大。如果一定要说有联系,或许是阿英得知鲁迅嘲笑过"半本",便主张读"全稿",也未尝没有可能。

四

阿英策划的《袁中郎合集》没有下文,估计与林语堂隆重推出有不为斋丛书《袁中郎全集》有关。该书分六卷,刘大杰标点,上海时代图书公司一九三四年九月出版第一卷。林语堂还邀请周作人、郁达夫、阿英、张汝钊,加上刘大杰和他自己,分别撰写序文。一书六序,声势浩大,轰动文坛。阿英在此信中业已提及:"语堂先生印中郎全集……弟已允作一长序矣。"

阿英同时谈到自己标新立异的观点:"世人竞说袁中郎,实则除极少数者外,大都是拧着中郎皮肉,与中郎肺腑骨骼无干",而"中郎对当时政治态度,明白异常,决不似周作人先生等所提倡之中郎"。这里的"极少数者"自然包括他本人,或许也包括鲁迅;而"周作人先生等"的"等"是指多人,第一位无疑便是林语堂。近来有学者研究"晚明公安派及其现代回响",论及现代各家对袁中郎的评价,认为周作人、林语堂为代表的闲适派想强调他"瓶花"的一面,而阿英、鲁迅等为代表的忧时派则试图凸显"瓶花"后面暗藏的"匕首"。这种对比强烈的说法,未免过于简单化,却令人印象深刻。

有意思的是,立场的不同丝毫没有影响双方的交往和互动。林语堂不仅在自己的杂志上发表了阿英持论迥异的文章,还把它当作序言,冠于《袁中郎全集》第四卷之首。阿英私下里对周作人、林语堂也是敬重有加,尽管他先后多次撰文,直言不讳地批评两人的文学思想。现代文学史上这类错综复杂的人际关系,实在耐人寻味。

五

阿英信中提及给林语堂的文章,《阿英与友朋书信辑录》的释文是:"即为一文给《论语》,语堂有后跋,下月五号本当可见也。"查《论语》杂志,当年未见刊发阿英谈论袁中郎的文章;倒是《人间世》第七期刊有他的一篇《袁中郎与政治》。此文后收入《夜航集》,题为《重印〈袁中郎全集〉序》。《论语》和《人间世》都是林语堂创办的半月刊,前者出版日期为每月一日和十六日,后者为每月五日和二十日。阿英说"下月五号本",《人间世》第七期正是一九三四年七月五日出版的。可见,此处的《论语》二字有误,应为《人间世》。

为了确定无疑,我上网查阅朵云轩拍卖行的页面,找到往期预展图片。虽然不太清晰,放大后还是隐约可辨,"论语"两字上画了横线,上方注有"人间世"三个小字。笔迹显示,是阿英本人书写修改的。

此信落款只有日期"十八日",并无年月。《阿英与友朋书信辑录》编者将其定为一九三四年,月份存疑。如果能够确认阿英文章发表于七月五号,据"下月五号"四字,当可断定此信写于六月十八日。

书信手迹释读是一项艰难的工作,字迹辨识和史实考证都非常繁琐。《阿英与友朋书信辑录》已经做得相当好了,偶有失误也是难免,所谓百密一疏。笔者现将阿英此信释文稍加修订,并改正个别讹字,附录于后,敬请原书编者和读者批评指正。

二○二二年四月二十七日

附录:阿英致赵景深函(一九三四年六月十八日)

景深兄:

久不晤矣,想一切佳胜也。弟年来研究明季文学,搜罗晚明集子不少,特殊是公安、竟陵二派。如中郎集子,弟收得者即有明版《梨云馆袁中郎全集》二十四卷本,明版钟伯敬增刊遗集《袁中郎全集》四十卷本,清代重刻二十四卷本,明版初印《敝箧集》《解脱集》《瓶花〔斋〕集》《潇碧堂集》《锦帆集》《瓶史》《德山暑谭》及各种全集未收之明版《珊瑚林》,以及明版《三袁集》中之《中郎稿》及伪作明版《狂言》等。他如《白苏斋集》《王季重集》等明版本亦都搜到。数月来锐意精选,得小集十种,闻北新有发行旧书意,此种集子不知亦愿承印否?弟所编者为:

1. 袁中郎集选(袁宏道)据以上此辈书及《十六家小品》本;

2. 白苏斋集选(袁宗道)据《白苏斋集》二十二卷足本;

3. 珂雪斋集选(袁小修)据《珂雪斋集选》及《十六家小品》本;

4.隐秀轩集选（钟伯敬）据《隐秀轩全集》及《十六家小品》本；

5.谭友夏合集选（谭元春）据《谭友夏合集》；

6.晚香堂集选（陈眉公）据《陈眉公集》本及《十六家小品》本；

7.王季重集选（王思任）据《王季重全集》及《十六家小品》本；

8.屠赤水集选（屠隆）据《由拳集》《鸿苞》及他种选本，《明十六家小品》本；

9.徐文长集选（徐文长）据《徐文长集》《徐文长佚稿》《徐文长佚草》及《十六家小品》本；

10.玉茗堂集选（汤若士）据《玉茗堂全集》及《十六家小品》本。

以上十种，每种不过四万言，皆弟所精选者，有标点，书前有序，书后附传，以之供中学生用，颇为恰切。北新有意，当让北新。此书抽版税，如印，当面谈也。现中郎各集，尚缺一二种，俟收全后，拟纂《袁中郎合集》一种，依次刊行，俾学者能顺序的考察作者一生思想的转变顺序，较四十卷本强多矣。好在《袁中郎遗集》（明刊）已收到，缺《破砚斋》一集，不难买得也，但此是后话。语堂先生印中郎全集兄得知否？大约即可成事实，弟已允作一长序矣。世人竞说袁中郎，实则除极少数者外，大都是拧着中郎皮肉，与中郎肺腑骨骼无干。弟最近搜得袁集，发现四十卷本未收稿数篇，关于中郎对当时政治态度，明白异常，决不似周作人先生等所提倡之中郎，即为一文给《人间世》，语堂有后跋，下月五号本当可见也。此事何如，昨兄一讯，并为函复。兄近况如何，文学方面的趣向何如，能略示一二否？此书编者，即署"阿英"。复函地址如信封，小峰先生不另。

弟　阿英　十八日

郭沫若·黄裳·阿英

一

《阿英与友朋书信辑录》(钱荣毅编,作家出版社二〇二二年二月第一版)一书,收录郭沫若一九六一年十二月五日复阿英信,全文如下:

阿英同志:

上月十七日一书及《文汇报》大样一纸,昨日始接读。《绘声阁续集》已借到否?甚望先睹。勉仲一文很好。敬堂一文,尚值得商榷。焦理堂《云贞行》是否作于乾隆56—57年,未见原稿本,不敢肯定。稿本不知是否焦之亲笔。如为别人所抄,则纪年未必可信,不然,何以刻本《雕菰集》却无纪年耶?

敬礼!

郭沫若 十二月五日

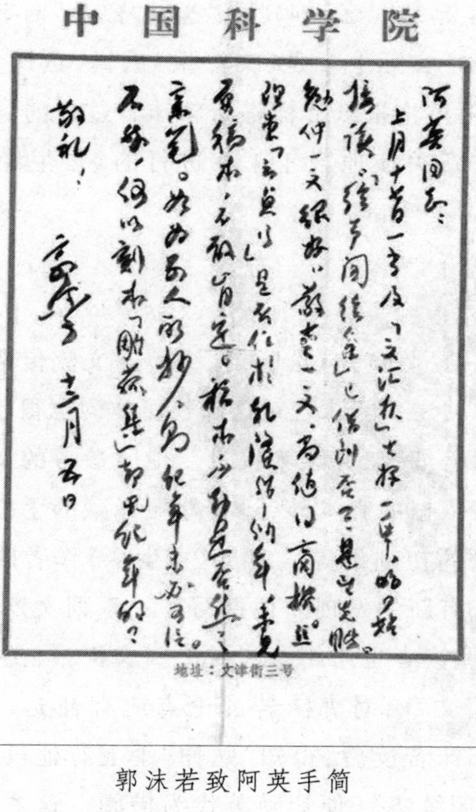
中国科学院
阿英同志：
上月十六日一书及「文汇报」七张一束，昨日始
接读，「续芦间续集」已借到否？甚以为念。
勉仲一文，张扬以「苏黄」一文，为德以商榷。且
理由「云贞行」是否作于孙枝蔚纪年，意见
原稿本，不敢肯定。稿本亦据过否？
意见。如为吾人所抄，则纪年未可信。
不然，何以刻本「胭脂集」却无纪年的？
敬礼！
郭沫若 十二月五日
地址：文津街三号

郭沫若致阿英手简

　　《阿英与友朋书信辑录》编者注云："勉仲即黄裳……信中所说二人文章似为一九六一年十二月十六日《文汇报》刊登的《关于陈端生二三事》和《陈端生是'陈'云贞吗?》。"这里"似为"两字,过于谨慎了。实际上就是《文汇报》编辑,也即黄裳本人,托阿英将报纸清样寄给郭沫若过目的,因为这两篇文章关涉他当年正在进行的《再生缘》作者研究。

二

　　此前,陈寅恪《论〈再生缘〉》一文流传海外,颇受各方关注。郭沫若对这部长篇弹词也很感兴趣,找来原著细读,并亲为校订。他所参考的文献,除陈寅恪依据的版本外,还有郑振铎藏的手抄本、阿英提供的初刻本等。关于《再生缘》作者陈端生,郭沫若有新的发现。他撰写了一系列文章公开发表,一些读者也纷纷参与讨论。《文汇报》上刊登的这两篇文章,对郭沫若的论点或有补充、或有商榷。郭沫若读后,得知"勉仲"手上有他没见过的《绘声阁续集》,便让阿英代为借阅。这才有信中那句:"《绘声阁续集》已借到否?"

　　郭沫若随后又撰写长文《读了〈绘声阁续稿〉

和〈雕菰楼集〉》，对《文汇报》上的讨论予以回应。该文首发于一九六二年一月二日《羊城晚报》，又载于一九六二年一月四日《文汇报》。文章第一段写道："上海《文汇报》，于十二月十六日，同时登载了有关陈端生两篇文章。一篇是勉仲的《关于陈端生二三事》，另一篇是敬堂的《陈端生是'陈'云贞吗？》，我都仔细读了。我很高兴，在作陈端生的研究上，又得到了一批重要的新资料。我还要特别感谢勉仲同志。虽然我们尚未相识，经过阿英同志的中介，他却慷慨地把他所藏的《织云楼合刻》重刊本（《绘声阁续稿》在其中）远道寄出，让我能够得到翻阅的机会。这书在目前是很难得的，我在北京、上海、广东、广西，四处托人寻找，迄今尚未找到。接到勉仲同志的珍藏，真是万分高兴。我立即费了半天工夫，亲自把《绘声阁续稿》抄了一遍。原书蠹蚀得相当厉害，有二、三字已经不能认出，如不经过仔细的加工护惜，是很难经久的。"文中还多次提到"勉仲同志"，如"我已经接受了勉仲同志的提示""诚如勉仲同志所已征引""勉仲同志说得好""这是勉仲同志的又一发现""这也是勉仲同志所发现的一个补充材料"……由此可见，郭沫若是"公开"而非"私下"称许黄裳文章的。

郭沫若复阿英信，自然是一封私信，但当时可能已经流传出来了。南京师范大学编《文教资料简报》一九八〇年第五期，载有"关于《再生缘》研究郭沫若与阿英的通信"，首次将此信公布于众。此信原件，一度还出现在保利香港二〇一五秋季拍卖会上，现藏何处，不得而知。

三

黄裳当年，也在第一时间得悉郭沫若复阿英信的内容。他后来写有《阿英的一封信》一文，转引阿英当时与他的通信。阿英在信中谈到转寄"大样"及借书之事，且摘抄了"郭老"的回信。

阿英给黄裳的信里还写道："《绘声阁正续集》（我有正集），《碧城仙馆集》（他已看过，但没有见到原刻），已转寄郭老，并请其翻阅时小心。他带回后，当即日寄回给你。"黄裳在文中对此特别加以说明："当时郭老正在以很高的兴致研究《再生缘》的作者陈端生，而我正好藏有端生妹长生的诗集正续集，为'织云楼合刻'的两种。就托阿英寄给郭老，后来郭老又写了一篇长文论定。那两本'合刻'是我在来青阁买得的，已经蠹吻如丝，郭老在阅读过程中还手为粘补。"

至于郭沫若在长文中说："我还要特别感谢勉仲同志。虽然我们尚未相识……"这是他"贵人多忘事"罢了。据黄裳《珠还记幸》记载，一九四六年在重庆，他以《文汇报》特约记者的身份采访过郭沫若。一九四七年在上海，黄裳借编《文汇报》副刊"浮世绘"之便，收集时贤笔墨，曾得到郭沫若为他手书的一首七绝，写在印有溥心畬画的笺纸上，上款为"黄裳先生雅属"。不过，对于郭沫若这样的风云人物而言，接触的各色人等不计其数，记不得一位偶有交接的记者，本属正常。何况"勉仲"是个笔名，当然，"黄裳"也是笔名，在郭沫若的记忆中，确实很难将两者对上号。

而从黄裳这方面来看，能得到"郭老"的称许，能为他的研究提供资料，想必深感荣幸。黄裳在回忆文章中说及，郭沫若研究《再生缘》时，借阅了他的私人藏书，"还手为粘补"，感念之情，溢于言表。

关于阿英在信里摘抄的郭沫若那句"勉仲一文很好"，黄裳没有作任何解释和说明，似乎是不愿招摇。但不久，他出版书话集《榆下说书》，将这篇《阿英的一封信》收录其中；同时收入的，还有那篇《关于陈端生二三事》。有意思的是，《榆下说书》里收录的几十篇文章，全都写于一九七八年之后；

只有《关于陈端生二三事》一篇，写于一九六一年。显然，新书补入曾以"勉仲"笔名发表的旧文，无疑是要与那句"勉仲一文很好"遥相呼应，让细心的读者能够有所联想。

四

再说黄裳《阿英的一封信》一文里转引的阿英书信，写于一九六一年十二月十六日，近四百字，包括落款、日期，几乎是全文照抄。阿英在信中除了谈到"郭老"，还谈到自己"买书癖日甚"的近况，涉及当年藏书界的生态环境。黄裳另有两篇文章，《往事回忆》和《〈版画丛刊〉及其他》，分别转引阿英于一九五三年八月十三日和一九五四年十一月二十五日写给黄裳的信，前一封三百多字，后一封四百多字，也都是全文照抄的。这三篇文章，都收在《榆下说书》里。这本书非常有名，十分常见；可不知何故，这三封信均未收入《阿英与友朋书信辑录》。

此外，《文教资料简报》一九八〇年第五期"关于《再生缘》研究郭沫若与阿英的通信"中，也有一封阿英致郭沫若的短信，约一百二十字，《阿英与友朋书信辑录》同样失收。

以上四封阿英佚信，并非空洞无物的应酬短简。信中涉及的一些细节，对于了解阿英的生平交游、了解当时文艺界、学术界、出版界的状况，都极具参考价值。希望《阿英与友朋书信辑录》以及《阿英全集》再版时，不要忘了补入。

二〇二二年六月四日

阿英集外佚信四封

　　阿英现存书信的搜集与整理算是较为完备的了。《阿英全集》收录一百零八封,《阿英全集(附卷)》增补十四封,最近出版的《阿英与友朋书信辑录》又有添加,合计一百六十三封。然而,集外遗珠尚有一些。笔者日前翻阅旧书,偶见几封佚信,内容涉及一些文坛史料,颇具参考价值,特此抄出,并略加说明,权作备份,以便读者或研究者查阅。

　　一、阿英致郭沫若(一九六一年×月二十五日)

郭老:

　　①《客途秋恨》并《粤讴》《再粤讴》三册带回,请收。②抄得一九一六笔记一则,附上。③几乎每天都在找陈端生材料,无所得。昨又托北大同志查图书馆内不出借内部卡片,希望能发现《绘影阁集》及《蘋南遗草》。有所得,当

即送来。

　　匆匆

布礼

　　　　　　　　　阿英 二十五日

　　按：此信录自《郭沫若与〈再生缘〉研究》，南京
师范学院学报编辑部及中文系资料室一九八〇年
五月编印，"文教资料简报"丛书之四。该书为内
部资料，目录与正文之间有插页四面，最后一面即
为此信影印件，并附释文。释文中将《再粤讴》误
为《闵粤讴》，现据手迹改正。

　　《客途秋恨》和《粤讴》《再粤讴》均系清代广东
地区的南音唱本。阿英一直热衷收藏民间说唱文
学，而郭沫若当时常去南方旅行疗养，也关注到此
类藏书。"一九一六笔记"为何？不详。《绘影阁集》
是《再生缘》作者陈端生的诗集。陈寅恪曾"惜
其……无一字遗传"，郭沫若托人四处寻觅，也未
见。《蘋南遗草》系清代闺秀戴佩荃的诗集。郭沫
若一九六一年五月三十日致阿英函有云："戴佩荃
（蘋南）的《蘋南遗草》，您处有否？急望一阅。"可
见，阿英此信当写于该年五月之后，具体月份
待考。

二、阿英致黄裳（一九六一年十二月十六日）

很久想写信给你，却拖了下来。

大样转给郭老（他在外地休养）后，昨接他回信，说"勉仲一文很好，□□一文，尚值得商榷。焦理堂《云贞行》是否作于乾隆五六—五七年，未见原稿本，不敢肯定。稿本不知是否焦之亲笔。如为别人所抄，则纪年未必可信，不然，何以刻本《雕菰集》却无纪年耶"。另一名字我看不清，故以□□代。不知你能代查讯一下否？

《绘声阁正续集》（我有正集），《碧城仙馆集》（他已看过，但没有见到原刻），已转寄郭老，并请其翻阅时小心。他带回后，当即日寄回给你。

⋯⋯⋯⋯⋯

近来工作情况如何，极念。何时还有机会偕尊夫人北来一游否？

数年来一直在病中，近已能开始工作。买书癖日甚，数年来，已聚鸦片后清人集五千余种。戏曲可说无所得。弹词近又续收乾嘉本及旧抄本，但来源似甚枯竭。不知沪上情况如何？如时逛书店，不知能否代注意一下。

我的地址你可能记不得了。是北京交道口南棉花胡同甲二十四号。

匆匆　即请

双安

英　十六日

按：此信录自黄裳《阿英的一封信》一文，见《榆下说书》，北京三联书店一九八二年二月版，第二四一至二四四页。黄裳删节了信中部分文字，以省略号替代。另，阿英转录郭沫若信最后一字"的"应为"耶"，现据手迹改正。

"大样"指《文汇报》清样。该报一九六一年十二月十六日刊载勉仲（黄裳）《关于陈端生二三事》和敬堂（卜孝萱）《陈端生是"陈"云贞吗？》两文。"□□"即"敬堂"。《绘声阁正续集》是陈端生的妹妹陈长生的诗集，《碧城仙馆集》是清代文人陈文述的著作，均系黄裳私人藏书。因这几种书关涉陈端生的生平事迹，阿英遂代为"转寄"郭沫若，供其参考。不久，郭沫若便撰写发表《读了〈绘声阁续稿〉和〈雕菰楼集〉》一文。

三、阿英致黄裳（一九五四年十一月二十五日）

《猎人日记》收到，深谢。

以为还有机会和你们夫妇同游碧云寺，没想到你们竟未曾留，殊以为憾。

不知最近仍有机缘来京否？

其实最近几天，我倒逐渐闲了。

有两个问题想和你谈一谈。

你们编的版画究竟是否出版并出下去？我主张最好能印出。前嘱作序，我早告惜华同志力不胜，他说供给全部材料，我答应代为整写。后来问他要材料，他又说没有，我就无从下笔了。也许我当时听错。我意只要有一个简单例言，也就可以了。若决定不出，我认为与出版家也应结束一下。不知以为何如？

尊藏女性词集，不知是否将罕见者开示一目，李一氓同志很想看看。

兄常跑书店，我很想找几部光绪同文印本的小说，如《水浒》《红楼》之类（有石印图的），因为想搜集一点石印插图材料。我现只有《聊斋》一种。光绪其他有好插图的石印书也想选存一点。望你为留意。同文《三国》也要。北方很难找。如有，望将书价示知，当即寄来。本子，至少图页要干净一些的。此事不必急急。

最近有何著译？精本小说、传奇，有所得否？

请代问你爱人好。匆请

俪安

阿英 十一月二十五日

按：此信录自黄裳《〈版画丛刊〉及其他》一文，见《榆下说书》，生活·读书·新知三联书店一九八二年二月版，第二七八至二八二页。

《猎人日记》是黄裳翻译的屠格涅夫成名作，上海平明出版社一九五四年四月版。"你们编的版画"即所谓《版画丛刊》。黄裳在戏曲及俗文学研究专家、藏书家傅惜华处见到许多精美的插图本，都是郑振铎《中国版画史图录》未收者，便建议编印刊行，请阿英作序。此书微缩照片已准备就绪，后来却未能出版，书稿退还傅惜华，后不知所终。

四、阿英致黄裳（一九五三年八月十三日）

《西厢记与白蛇传》收到，谢谢。前寄金石书一帙，亦收到，迄此补谢。

《曲品》原稿，前在文物局见到。兄将此记发表，真是功德无量，惜论断评介未能全部发表。不知你曾否录有副本，如有，甚盼能一借钞也。（如有并可以，请交慧珠同志，她今日返沪，二十后来。）（到后一周，即可寄回。）

前托之方所觅，系嘉业堂本《武梁祠画像考》，后又托人在苏寻觅，亦未找到。拟托兄代为留意买一部，需款请随时示知即寄上。

不知你何时能再北来了。

一年来写了一部反官僚主义的话剧——《模范段》，除此发表了几篇研究性的东西。最近写了一部《中国年画发展史》（人民美术出版社）。下月，拟从事第二话剧写作。此外别无可告。

姬老想常晤见，看通讯，你要去体验生活，

不知何时离沪？

　　匆此

敬礼

　　　　　　　　　　弟 阿英 八月十三日

　　按：此信录自黄裳《往事回忆》一文，见《榆下说书》，北京三联书店一九八二年二月版，第二八二至二八五页。

　　《西厢记与白蛇传》是黄裳的一册戏曲杂文集，上海平明出版社一九五三年七月版。该书后有一篇附录，即《跋祁彪佳〈曲品〉残稿》。黄裳当年购得《曲品》手稿，摘要发表后，便将原书赠予北京图书馆。阿英在文物局局长郑振铎处见到，也十分感兴趣，希望能借黄裳所录副本抄存。阿英当年撰写的话剧《模范段》未见刊布，原稿想必遗失；他拟写的"第二话剧"，似乎没有动笔。至于信中提到的"《中国年画发展史》（人民美术出版社）"，正式出版时，书名有改动，出版社的名称也有变更，应为：《中国年画发展史略》，朝华美术出版社一九五四年六月版。

　　　　　　　　　　二〇二二年六月

《书海遇合》的因缘

　　二○一四年底，我将新旧芜文编了一个小册子，取书名时颇为犯愁，便信手翻阅一些前人的作品，希望能有所启发。看到冯至的名篇《书海遇合》，觉得这个标题做一本读书随笔的书名也挺合适。

　　二○一五年是冯至诞辰一百一十周年。与冯至的女儿冯姚平女士联系，问及是否有纪念活动。果然，中国社科院外文所和中国现代文学馆届时将举办一个学术研讨会。冯姚平女士还让主办方发来邀请函，可惜我后来因杂事缠身，未能前往。但借此机会，我将《冯至全集》重温一遍。诗歌、小说、散文以及翻译作品，都备受关注。一些读书杂谈、序跋书评和书人书事类文章，却未曾受到重视。于是，我萌生了一个想法：为冯至编一本读书随笔选，书名就叫《书海遇合》。

　　读书随笔，有时也叫作书话。虽然属于小众读

書海遇合

冯至　著
桑农　编

湖北大学出版社

《书海遇合》封面

物,出版界还算比较热衷。尤其是最近十余年,各种丛书相继出版,新老作者,包括已故作家都有专辑面市。其间,冯至始终缺席。他晚年曾在《文汇读书周报》上开设专栏,给当时的读者留下深刻的印象,如今怎么就被遗忘了呢?或许他在文学界、翻译界声名显赫;偶尔为之的读书随笔,遂被忽略不计。但从本书收录的篇目看,他这方面的写作,也为绝大多数书话作家望尘莫及。

冯至写作此类文章时,或许并没有文体的自觉。他无意跻身于书话界,却具备了书话作家所必要的全部条件,甚至自身就是书话写作的对象。他那几册薄薄的小书(三本诗集、一本散文集、一本中篇小说),是文学史上的经典,也是新文学版本收藏者的珍爱。他参与编辑出版的杂志《浅草》《沉钟》和《骆驼草》,也为民国期刊收藏者必备。他后来回忆亲身的经历,回忆与师友(如鲁迅、郁达夫、朱自清、杨晦、陈翔鹤、梁遇春、顾随、李广田等)的交往,其史料价值,远非后人从书本到书本的文献考证可比。

读书随笔或书话的写作,关键在于作者的见识。而见识,取决于一个人的素养和视野。见多识广才能有所选择,有所甄别。当下一些作者,仅凭一己的癖好，一知半解，信口开河，漏洞百出。还有些作者，偏于一隅，坐井观天，还沾沾自喜。而一些优秀的作者，也是或写新文学书刊，或写古籍版本，或写海外书讯，能专而不能通。像冯至这样学贯中西、知古通今的大家，难得一见。他是中国现代著名作家，也是古典文学专家，还是外国文学专家和翻译家。每个领域，他都不是浅尝即止，而是钻研精深。他的杜甫研究、歌德研究以及海涅和里尔克的译介，都是汉语学界的顶级水平。

当然，读书随笔或书话的写作，不是做学术研究。写给同行专家看的学术论文，可以"深入深出"，旁人不知所云没有关系；写给普通读者看的读书随笔，必须"深入浅出"，否则便失去阅读的价值和乐趣。可当下充斥市面的，有许多都是"浅入深出"的论文（学术垃圾）和"浅入浅出"的读书随笔（书话垃圾）。回头再来读一读冯至的文章，无疑令人警醒。这样一位大作家、大学者，文字竟然如此浅显易懂、明白晓畅、朴素自然，没有半点装腔作势、故弄玄虚，真所谓"绚烂至极归于平淡"。这才是读书随笔或书话写作的本色。

由于字数的限制，这本《书海遇合》未能将冯至此类文章悉数收录，但兼具史料性和可读性的精品,应该都已入选。感谢董宁文先生为本书出版所做的努力,感谢冯姚平女士授予版权,感谢戚蕊小姐为本书电子稿所做的校对。希望读书界的朋友能够注意到这本书,注意到冯至也写过读书随笔或书话,而且写得相当好,堪称这一领域的大家。

二〇一七年十一月十五日

作为美术批评家的傅雷

傅雷以翻译家著称,可他的自我期许却是美术批评家。杨绛《〈傅译传记五种〉代序》里曾写道:"从前在上海的时候,我们曾经陪傅雷招待一个法国朋友,锺书注意到傅雷名片背面的一行法文 Critique d'art(美术批评家)。他对美术批评始终很有兴趣。"

—

傅雷对于美术批评的"兴趣",其实非同寻常。他早年在法国留学时就选修过美术史课程,常去参观美术馆、沙龙画展,拜访知名画家。刘海粟在巴黎时,两人过从甚密。一九三一年回国,傅雷所从事的第一份工作,便是担任上海美专教授,主讲美术史。《世界美术名作二十讲》一书,即是当时编译的讲义。

这本书自傅雷译著进入公共版权以来,两年间竟然出版了近二十个版本,其知名度直追当年的《傅雷家书》。但我一直有一个疑惑,即书里有多少是傅雷本人的研究心得。按当时外在和内在的学术条件,几乎可以肯定,该书绝大部分内容来自二手资料。后来看到该书原手稿的影印本,发现署名为"傅雷编",后面还涂掉一个字,那显然是"译"字。自序中"是编参考书,有法国博尔德(Bordes)氏之美术史讲话及晚近诸家之美术史"一句,在手稿中也有涂改,隐约可见"是编蓝本……以 Bordes氏为主……"等字样。我找不到博尔德的原著,又不懂法文,两者的相似度也就无从探究。

前些年,学者吕作用托人在法国国家图书馆查到博尔德的书,书名原来就是《美术史二十讲》。除第十七讲与十八讲的位置颠倒,各讲标题和所选作品与傅雷《世界美术名作二十讲》高度一致。对照具体文本,吕作用的结论是:傅雷讲稿的前十一讲有不小的补充和改动,后九讲几乎就是博尔德讲稿的中译本。这一现象很好解释,因为傅雷的前十一讲曾在《艺术旬刊》上发表,经过加工;后九讲应该是初稿,未及修订。《世界美术名作二十讲》是一部编译之书,毋庸置疑。吕作用的研究论文已经公诸报刊,可惜未能引起读书界和出版界的响应,这

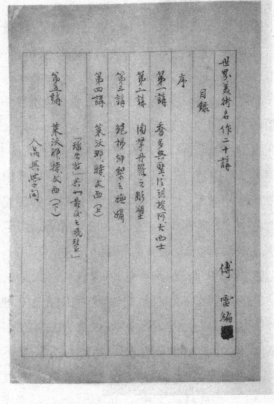

《世界美术名作二十讲》手稿

本书至今仍被当作傅雷的原创作品流传于世。

二

　　傅雷在上海美专期间,还翻译了《罗丹艺术论》,油印发给学生作课外读物;此书与《世界美术名作二十讲》一样,也未在他生前出版。在其公开发行的翻译作品中,另有两部美术史著作:一本是一九四八年出版的《英国绘画》,一本是一九六三年出版的《艺术哲学》。前者是"英国文化丛书"中的一种,译文臻于完美,可读性极强;大概因为属于普及读物吧,关注这本书的人不多。后者是汉译经典名著,在美学和文艺学领域影响深远,但在美术界似乎没有引起足够的重视。

　　傅雷译介西洋美术史论的成果,主要就是这些。他的职业志向,则是通过教学传授美术理论和美术史知识,以促进美术创作。由于主客观多方面的原因,他的教学生涯几度中断。首先是看不惯刘海粟的办学作风,辞去上海美专的教职。一九三七年,北平艺专与杭州艺专合并为国立艺专。受校长滕固之请,傅雷就任国立艺专教务主任。但他到任不久,与滕固意见不合,又辞职离去。一九四九年,吴晗想要傅雷到清华大学教授法语,他却只愿教美术史，而学校没有这门课，只好作罢。傅雷的美术教育实践未能展开，他内心是很在意的。《傅雷家书》里有这样一句话："解放以前，上海、杭州、北京的三个美术学校的教学各有特殊缺点，一个都没有把艺术教育用心想过、研究过。"

傅雷美术教育的理想无从实现，他的抱负在另一个领域却得以施展。他在该领域的所作所为，正是今天所谓独立策展人（independent curator）的工作。这在当时可谓绝无仅有，而且从世界艺术史上看也是超前的。

所谓独立策展人不同于在美术馆、博物馆等机构的常设策展人，也不同于组织商业性展览的画廊经纪人。作为合格的独立策展人，既要具备美术史、美术批评的专业知识，又要掌握项目策划、组织以及经费管理的能力。所有这些，傅雷完全具备。如果说一九三六年为亡友画家张弦举办的"遗作展览会"只是他初涉策展，那么，一九四四年为黄宾虹举办的"八秩纪念书画展览会"则是中国策展史上最成功的范例。关于画家黄宾虹与美术批评家傅雷的交往以及这次展览会，已有多篇论文，甚至还有一本专著予以论述。一九四六年，他还为友人庞薰琹举办绘画展览会。庞薰琹后来回忆道：

"关于我的展览会的一切,傅雷全包了……展览会结束后,他给我一份清单,写得端端正正,清清楚楚,简直胜过银行的账册。"

有一点需要特别指出,即无论是"综合前人"的黄宾虹,还是"融合中西"的庞薰琹,当年展出的画作都可与傅雷本人的美术理念相互印证。

三

傅雷零星发表的几篇美术评论,包括一些早年不成熟时期所写的,尚不足以代表他的学术水准。倒是他写给刘抗、黄宾虹、傅聪等人书信中的相关文字,大致能够体现他的批评观。其中关于同时代画家的点评,更是爱憎分明、直言不讳。

傅雷推崇的现代画家是黄宾虹和齐白石,尤其是黄宾虹。致刘抗的长信中写道:"以我数十年看画的水平来说,近代名家除白石、宾虹二公外,余者皆欺世盗名;而白石尚嫌读书太少,接触传统不够(他只崇拜到金冬心为止)。宾虹则是广收博取,不宗一家一派,浸淫唐宋,集历代各家之精华之大成,而构成自己面目。我认为在综合前人方面,石涛以后,宾翁一人而已。"

关于张大千,傅雷不以为然:"大千是另一路投机分子，一生最大本领是造假石涛，那却是顶尖儿的第一流高手。他自己创作时充其量只能窃取道济的一鳞半爪，或者从陈白阳、徐青藤、八大（尤其八大）那儿搬一些花卉来迷人唬人。往往俗不可耐，趣味低级，仕女尤其如此。与他同辈的溥心畬，山水画虽然单薄，松散，荒率，花鸟的taste却是高出大千多多！"致黄宾虹的信中也说："大千画会售款得一亿余，亦上海多金而附庸风雅之辈盲捧。鄙见于大千素不钦佩，观其所临敦煌古迹多以外形为重，至唐人精神全未梦见，而竟标价至五百万元（一幅之价），仿佛巨额定价即可抬高艺术品本身价值者，江湖习气可慨可憎。"

至于吴湖帆，更是不入傅雷的法眼："又吴湖帆君近方率门人一二十辈大开画会，作品类多，甜熟趋时，上焉者整齐精工，模仿形似；下焉者五色杂陈，难免恶俗矣。如此教授为生徒鬻画，计固良得，但去艺术远矣。"

傅雷早年对刘海粟抱有希望，可后来的评价十分严苛。《傅雷家书》有云："伦伦（按：刘海粟长女刘英伦）的爸爸在黄宾虹画展中见到我，大为亲热。这次在华东出品全国的展览中，他有二张油画，二张国画。国画仍是野狐禅，徒有其貌，毫无精神，一味取巧，骗人眼目；画的黄山峭壁，千千万万的线条，不过二三寸长的，也是败笔，而且是琐琐碎碎连接起来的，毫无生命可言。那天看了他的作品，我就断定他这一辈子的艺术前途完全没有希望了。我几十年不见他的作品，原希望他多少有些进步，不料仍是老调。而且他的油画比以前还退步，笔触谈不到，色彩也俗不可耐，而且俗到出乎意外：可见一个人弄艺术非真实、忠诚不可。他一生就缺少这两点，可以嘴里说得天花乱坠，实际上从无虚怀若谷的谦德，更不肯下苦功研究。"致刘抗的信中，也有类似的评语："来书以大师（按：刘海粟。下同）气魄豪迈为言，鄙见只觉其满纸浮夸（如其为人），虚张声势而已。他的用笔没一笔经得起磨勘，用墨也全未懂得墨分五彩。"又："老辈中大师依然如此自满，他这人在二十几岁时就流产了。以后只是偶尔凭着本能有几幅成功的作品。解放以来的三五幅好画，用国际水平衡量，只能说平平稳稳无毛病而已。近年来陆续看了他收藏的国画，中下之品也奉作妙品；可见他对国画的眼光太差。我总觉得他一辈子未懂得（真正懂得）线条之美。"又："至于从未下过真功夫而但凭秃笔横扫，以剑拔弩张为雄浑有力者，直是自欺欺人，如大师即是。还有同样未入国画之门而闭目乱来的，例如徐悲鸿。最可笑的，此辈不论国内国外，都有市场，欺世盗名红极一时，但亦只能欺文化艺术水平不高之群众而已。"

傅雷对庞薰琹的艺术发展也颇为失望："庞薰琹在抗战期间在人物与风景方面走出了一条新路，融合中西艺术的成功的路，可惜没有继续走下去，十二年来完全抛荒了。"

傅雷晚年唯一看好的画家是林风眠："现在只剩下一个林风眠仍不断从事创作。诗意浓郁，自成一家，也是另一种融合中西的风格。以人品及良心与努力而论，他是老辈中绝无仅有的人了。"

四

以上批评文字摘自傅雷的书信，挂一漏万；但他对现代画坛的意见，可见一斑。

或许有人以为这些都是私下的评论，不足为凭。然而，傅雷生性严谨，从不信口开河；他写下这些文字，自然经过深思熟虑。致刘抗的信中有言："你读了以上几段可能大吃一惊。平时我也不与人谈，一则不愿对牛弹琴；二则得罪了人于事无补；三则真有艺术良心、艺术头脑、艺术感受的寥若晨星,要谈也无对象。不过我的狂论自信确有根据,但恨无精力无时间写成文章(不是为目前发表,只是整理自己思想)。"可见,傅雷知道别人看到他的"狂论"会有怎样的反应。而且,对于这些"狂论",他自认有理有据,因而底气十足。

或许有人以为这些评论带着强烈的个人情感色彩,过于偏激,充满偏见。其实,任何批评都是一己之见,四平八稳、不痛不痒的文字就谈不上批评了。关键在于这种一己之见,是出自私心杂念还是出自对艺术的真诚。傅雷与黄宾虹的关系当然包含私人感情,但他的评价并非感情用事。当他发现黄宾虹晚年的某些尝试有悖于他的艺术理想,也曾直言相告:"惟小册纯用粗线,不见物象,似近于欧西立体、野兽二派,不知吾公意想中又在追求何等境界。鄙见中外艺术巨匠毕生均在精益求精,不甘自限,先生自亦不在例外,狂妄之见,不知高明以为然否?"他与刘海粟的私人关系比较复杂。所谓"决裂"以致"绝交二十年之久",只是傅雷单方面的行为。究其原因,《傅雷自述》中有言:"刘海粟待我个人极好,但待别人刻薄,办学是商店作风,我非常看不惯。"但这些现实生活中的好恶,并不影响他对刘海粟艺术成就的评价。致刘抗的信中说得很清楚："以私交而论,他（按：刘海粟）生平待人,从无像待我这样真诚热心、始终如一的；可是提到学术、艺术,我只认识真理,心目中从来没有朋友或家人亲属的地位。所以我只是感激他对我友谊之厚,同时仍不能不一五一十就事论事批评他的作品。"

像这样坚持艺术至上、丝毫不徇私情的批评家,扪心自问,当今文艺界有几人能够真正做到这一点！

二〇一八年四月六日

钱锺书的台湾之行

　　钱锺书晚年致苏正隆函有云："台湾为弟旧游之地，尝寓草山一月……"这是其本人唯一一次谈到自己一九四八年的台湾之行。学者林耀椿循此线索，查访资料，撰写了《钱锺书在台湾》一文。原来，钱锺书是跟随国民政府教育部文化宣慰团一同赴台的，其间还做过一次学术演讲。相关活动，当年《自立晚报》上有连续报道，演讲记录稿也全文刊登。在此，我想追问的是：钱锺书为什么会有这次台湾之行？除了参与公务，他私下还有哪些交往？他对台湾居住环境和人文环境的印象如何？这与他一九四九年的选择是否有着某些潜在的因果？

　　《槐聚诗存》里，收录了钱锺书旅台期间所写的两首七言律诗。我们或许可以从中一窥端倪。

《自立晚报》一九四八年四月十四日

一

空明丈室面修廊，

睡起凭栏送夕阳。

花气侵身风入帐，

松声通梦海掀床。

放慵渐乐青山静，

无事方贪白日长。

佳处留庵天倘许，

打钟扫地亦清凉。

这首诗题为《草山宾馆作》。诗后有作者自注："樊南乙集序、方愿打钟扫地、为清凉山行者。"

草山是一个不起眼的地名，草山宾馆似乎也没有什么特别。但若是知道这个草山就是今天的阳明山，就要另眼相待了。至于草山宾馆的身世，更是不同一般。一九二三年日据时期，为接待皇太子裕仁（即后来的昭和天皇）建造草山御宾馆，主楼及附属庭园近二千坪。蒋介石刚到台湾时，曾在此短暂居住；后长期作为孙中山之子孙科的官邸。蒋介石夏季避暑的草山行馆（即草山老官邸）

也在附近。草山因多生茅草而得名。据说,蒋介石初到此地,获悉山名,颇为不悦,觉得有落草为寇之嫌;遂以弘扬王阳明精神为由,改称阳明山。钱锺书晚年特别提及"草山",想来对这些掌故多少知道一点。

钱锺书入住草山宾馆,是作为政府文化宣慰团成员,参加教育部在台主办的文物展览会活动。这项活动由时任教育部长的朱家骅发起,名义上是要让台湾同胞了解祖国文化。参展的历代文物和善本图书由中央图书馆、中央博物院、故宫博物院及沪上藏家提供。为配合展览,还组织了系列学术讲座。此次活动的负责人,是中央图书馆馆长蒋复璁。钱锺书当时担任该馆英文杂志《书林季刊》(Philobiblon)的主编,颇受器重;受邀加入文化宣慰团,本是近水楼台。

钱锺书自称"寓草山一月",大致不错。文化宣慰团乘船于一九四八年三月十八日抵达宝岛,文物展览会于二十四日开幕,三周后撤展返回大陆,前后正好一个月左右。据记载,钱锺书此行的主要公务,仅是做一场公开演讲,时间是四月一日上午,地点是台湾大学法学院,题目是《中国诗与中国画》。几年前,他撰写过同题学术论文发表,因而不需要花多少时间准备讲稿。旅台期间,他应该十分清闲。客居草山宾馆一月,无异于度假疗养,心情自然轻松愉快。这在他的诗里,表现得十分明显。

"空明丈室面修廊,睡起凭栏送夕阳。"第一句写草山宾馆的客房。"空明",空旷澄澈的意思。苏轼《记承天寺夜游》有云:"庭下如积水空明。""丈室"犹斗室,言房间狭小。白居易《秋居书怀》诗云:"何须广居处,不用多积蓄。丈室可容身,斗储可充腹。""面修廊",即居室前面有长长的走廊。第二句无须解释,只是"夕阳"二字值得品味。"睡起"所见为夕阳,显然并非晨起,而是午睡醒来;且这午睡又并非小憩片刻,而是一觉睡到夕阳衔山。由此可见,诗人的日常起居真是散淡悠闲。

"花气侵身风入帐,松声通梦海掀床。"这两句写的是草山宾馆的景致和自然环境,以及居住其间的身心感受。其中化用前人诗句,也是恰到好处。如陆游《村居书喜》中的"花气袭人知骤暖,鹊声穿树喜新晴",黄庭坚《庭坚得邑太和六舅按节出同安避近于皖公溪口》中的"解衣卧相语,涛波夜掀床",不一而足。

"放慵渐乐青山静,无事方贪白日长。"这两句写客居草山宾馆的闲适心境。"放慵"即疏懒。白居易《晚起》诗云:"放慵长饱睡,闻健且闲行。""渐乐青山静"典出自《论语》:"知者乐水,仁者乐山;知者动,仁者静。""无事"一句似乎也在用典,白居易《咏兴》诗云:"身闲心无事,白日为我长。"

"佳处留庵天倘许,打钟扫地亦清凉。"这最后两句当是直抒胸臆。"佳处留庵",可参见苏轼《自金山放船至焦山》:"行当投劾谢簪组,为我佳处留茅庵。""打钟"一句,诗人担心读者不能领会其含义,特别加注,告知典故出自李商隐《樊南乙集序》:"方愿打钟扫地,为清凉山行者。"全诗不是结束在"清凉"这一感受上,而是结束在"为清凉山行者"这一心愿上。翻译成白话,这两句是说:如果这里能给我一席安身之地,我是愿意留下来修行的。

当然,这最后两句可以理解为对草山宾馆怡人环境的赞美。但考虑到当时特定的语境,恐怕就不那么简单了。首先,这首诗不仅是写给自己看,也会循例抄给别人看。记录自己的行止、留待日后回忆之外,应该另有预设的读者。最直接的对象,当是同行人员,包括安排他参加这次文化活动的上司,也许还有当地的接待人员。诗中流露出差旅期间愉快的心情,也暗含着对享受如此优越待遇的感激。这种含蓄、不失身份而又风雅的辞令,钱锺书最为擅长。至于是否还会另有暗示,就要将这次文化活动放到大动荡的时代背景中考察了。

经历五十年的日据时期,随着抗战的胜利,台湾终于光复了。而一九四七年的"二·二八"事件,又暴露出新的社会矛盾。同年,大陆国共战场的形势也发生逆转,解放军从战略防御转入战略进攻。一九四八年初,教育部组织文物展览会,赴台宣传慰问,表面上是为了促进台湾同胞的文化认同,暗地里也是为转移珍贵文物和善本图书打前站。果然,一九四八年十月,蒋介石任命陈诚为台湾省政府主席,中央机关陆续迁徙。年底,中央图书馆的善本书和故宫博物院南迁的文物,大多运至台湾。当年文化宣慰团的团长蒋复璁和成员之一的庄尚严(即后任台北故宫博物院副院长的庄严),就是具体经办人。

作为文化宣慰团的一员,钱锺书对这些预谋应该心知肚明。同行人员除了公务,私下里也都有各自的打算。文化宣慰团里负责讲座的七位专家,随后迁居台湾的就有四位。钱锺书当时是否动过念头呢?单从"佳处留庵"一联看,似乎有此迹象。

不过,下面一首旅台诗却别有一番滋味。

二

一楼波外许抠衣,

适野宁关吾道非。

春水方生宜欲去,

青天难上苦思归。

耽吟应惜拈髭断,

行酒何求食肉飞。

着处行窝且安隐,

传经心事本相违。

这首诗原题为《呈乔先生大壮》,收入《槐聚诗存》时改为《赠乔大壮先生》,诗后有自注云:"先生思归蜀、美髯善饮。"

乔大壮(名曾劬)是近代著名词人、书法家、篆刻家。一九四七年,乔大壮离开执教多年的中央大学,受聘于台湾大学,任中文系教授。一九四八年二月十八日,台大中文系主任许寿裳遇害,乔大壮继任其职。不久,钱锺书由同行的历史学家李玄伯(名宗侗)引荐,一起登门拜访。钱锺书此前并不认识乔大壮，这次拜访的缘由为何，当时谈了些什么，不详。只是事后，钱锺书写下了这首诗。

"一楼波外许抠衣，适野宁关吾道非。"第一句是客套话。"一楼波外"，乔大壮号波外居士，室名波外楼，著有《波外乐章》《波外诗稿》等。"抠衣"，典出《礼记》："抠衣趋隅，必慎唯诺。"孔颖达疏："抠，提也。衣，裳也。"提起衣服前襟，古人迎趋时的动作，表示恭敬。第二句涉及个人背井离乡的境遇和不济的时运。"适野"，前往野外；语出《左传·襄公三十一年》："与神谋乘以适野，使谋可否。"后人常以"适野谋"谓到郊野商议政事。"宁关"，岂关。"吾道非"，我的道理和信念不对；语出《史记·孔子世家》："诗云：匪兕匪虎，率彼旷野。吾道非耶？吾何为于此？"王维《送綦毋潜落第还乡》有云："既至金门远，孰云吾道非。"

"春水方生宜欲去，青天难上苦思归。"这两句写的是"先生思归蜀"。"春水"一句，典出自《三国志》裴注："权为笺与曹公曰：春水方生，公宜速去。""青天难上"，用李白《蜀道难》句："蜀道之难，难于上青天。"《槐聚诗存》一九四五年《徐森玉丈鸿宝间道入蜀话别》诗中也有"春水生宜去，青天上亦难"一联，可参见。

"耽吟应惜拈髭断,行酒何求食肉飞。"这两句与"美髯善饮"有关。"耽吟"化用杜甫《江上值水如海势聊短述》中的"为人性僻耽佳句"。"拈髭断",指髭须因吟诗而拈断;语本卢延让《苦吟》:"吟安一个字,拈断数茎须。""食肉飞",指做官飞黄腾达;典出《后汉书·班超传》:"生燕颔、虎颈,飞而食肉,此万里侯相也。"范成大《乙未元日用前韵书怀今年五十矣》有云:"定中久已安心竟,饱外何须食肉飞。"《槐聚诗存》一九四五年底《拔丈七十》诗中也有"如此相丰宜食肉,依然髭短为吟诗"一联,可参见。

　　"着处行窝且安隐,传经心事本相违。""着处",到处,随处。"行窝",典出《宋史·邵雍传》:"雍岁时耕稼,仅给衣食,名其居曰安乐窝。……好事者别作屋如雍所居,以候其至,名曰行窝。"后人遂以"行窝"指可以小住的安适之所。"安稳",安定,平静;《诗·大雅·绵》郑笺云:"民心定,及安隐其居。""传经"一句,化用杜甫《秋兴八首》中的"刘向传经心事违"。这两句的大意是:到处都可作"行窝",权且安稳居住;理想与现实本来就有不小的距离,往往都是事与愿违。这显然是在宽慰乔大壮。

　　乔大壮秉性孤高耿介,愤世嫉俗。渡海来台,原为避开中央大学的人事纠纷。好友许寿裳之死，对其打击甚大。虽然接任台大中文系主任，却是心绪低劣、萎靡颓唐。其寂寞、抑郁以及对时事的悲观，在台静农《记波外翁》一文中有真切的描述。钱锺书登门拜访，正值此际。想来乔大壮在酒酣耳热之时，袒露心扉，才引出钱锺书的一番肺腑之言。

钱锺书于四月中旬离开台湾，乔大壮于六月初也返回大陆。七月三日，乔大壮在苏州投水自尽。而六天之前，即一九四八年六月二十七日，乔大壮将《次韵答默存见贻之作》一诗抄寄钱锺书。诗云："客舍银灯照桁衣，远游芙荙是耶非？世传豪士吴中赋，风送轻装海上归。独立千人原小异，摩天六翮许低飞。欲从石室绅书去，白首相望事恐违。"

乔大壮的这首唱和诗，与钱锺书的诗一样，也是大量使用典故。一是首联："客舍"当指台北客居之所。"桁"，衣架。庾信《对烛赋》："灯前桁衣疑不亮。""远游"和"芙荙"都出自屈原辞赋。"远游"是楚辞篇名，这里也指自己赴台执教。"芙荙"即《离骚》中的"制芰荷以为衣兮，集芙蓉以为裳"，指特立独行、洁身自好、不与世俗同流合污的操守。"是耶非"是呼应钱锺书诗中的"吾道非"。二是颔联："豪士吴中赋"，指陆机的《豪士赋》。陆机是苏州即吴中人，《晋书·陆机传》有云："冏（司马冏，西晋"八王之乱"之齐王）既矜功自伐，受爵不让，机恶之，作《豪士赋》以刺焉。"这里表达的是对当权者的不满，具体所指不明。"风送"一句，是说自己终究还是从海上归来。三是颈联："独立"一句，化用苏轼《答李端叔》一诗中的"识君小异千人里"。这里表示对钱锺书的信任和激赏，说他有别于众人。"六翮"，指鸟的两翼。《战国策》有云："奋其六翮而凌清风，飘摇乎高翔。""摩天"一句的意思是，你有如云的六翮，理应展翅高飞，何必低首折腰、委曲求全。四是尾联："石室绅书"，语出《史记·太史公自序》："迁为太史令，绅史记石室金匮之书。"原文意思是：司马迁任太史令，开始缀集历史书籍及国家收藏的档案文献。这里可能与钱锺书供职于中央图书馆有关。"白首"一句，是说两人盼望之事恐怕难以实现了。两人盼望的是什么呢？除了"共事"之外，还有其他的事吗？

对照钱锺书与乔大壮的唱和诗可知，两人会面时一定就时局和个人的去留等问题交换了意见。钱锺书觉得，应该"着处行窝且安隐"；乔大壮的回答则是"白首相望事恐违"。

　　前面提到,是李玄伯陪同钱锺书去拜访乔大壮的。两个月后,李玄伯即受聘于台湾大学历史系。考虑到乔大壮时任台大中文系主任,而按照钱锺书的性格,又不会轻易主动结交陌生人,此次拜访是否有了解台大中文系状况的隐含动机呢? 换句话说,钱锺书是否会受到李玄伯等人的刺激,也动了去台大任教的心思? 如果真是这样的话,他从乔大壮那里接收到的反馈信息是令人失望的。前任中文系主任许寿裳遇害身亡,现任中文系主任乔大壮惶惶不可终日。随即台大校长易人,乔大壮本人也未接到续聘(继任中文系主任的是台静农)。尤其是在国事、家事纷乱不堪的双重煎熬下,乔大壮最终以屈原的方式了却自身。这些所见所闻,都会影响到钱锺书。他即使曾有迁台之念,也会因此而放弃了。

三

　　钱锺书一九四八年台湾之行的诸多细节,已无法重现。从上述两首诗中可以看到,他当时最关注的,是在动荡的乱世之中寻求一处栖身之地。《草山宾馆作》起于"空明丈室",结于"佳处留庵";《赠乔大壮先生》起于"一楼波外",结于"着处行窝"。

室、庵、楼、窝，这些居所意象，无疑显示了诗人潜意识的聚焦点。两诗不同的地方在于，前一首态度明朗乐观，后一首流露出万般无奈。这就是所谓"情随事迁"吧。

吴学昭《听杨绛谈往事》一书有记："锺书和杨绛早就打定主意留下不走，如果选择离开，不是没有机会。……时任教育部长的杭立武邀钱锺书去台湾大学、杨绛去台湾师范大学任教，答应调车皮给他们运书籍和行李。"这已是一九四九年了。教育部长由朱家骅换成了杭立武。他是否因为听闻钱锺书此前有去台湾大学的打算才发出的邀请，不得而知。但此刻大局已定，钱锺书更不会将台湾当作了身达命的选项。

天翻地覆之际，知识分子都会面临去留的抉择。决定的因素有大有小、有公有私、有必然有偶然，不可一概而论。前些年，学界关于陈寅恪是否会去台湾，有过议论；其实，钱锺书是否会去台湾，也可一说。本文只是笺诗证史，作一假设或曰猜想。欠妥之处，欢迎批评指正。

二〇一八年十二月六日

杨绛先生的一封信

　　一百零五岁的杨绛先生仙逝了，媒体上自然会喧闹一番。原本没有撰文的打算，可最近一些事，让我觉得有必要写点什么。

　　首先是董宁文先生在网络上发表一篇纪念文章，上面链贴了几幅杨绛先生写给他的信件和题词图片。得知其中一封信谈到了我，便随即上网查看，这才读到以下的文字：

　　董宁文先生：

　　　谢谢来信，老病未能早复为歉。附件已细读。桑农先生勘误，我已细细核对，他所言极是，再版当改正。如桑农先生要求在贵刊发表，我无意见。我此信无刊登之必要。勘误与人为善，乃盛德之举。请先代我致谢，并佩服他读书细心。

　　　专复 并颂

　　编安

　　　　　　　　　　　　　　　　　杨绛

　　　　　　　　　二〇〇一年六月二十九日

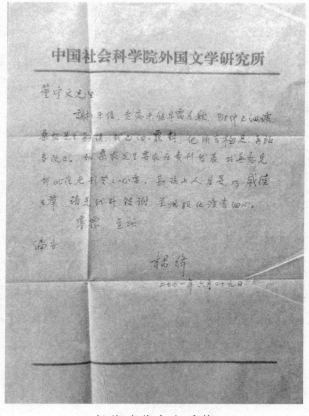

中国社会科学院外国文学研究所

董宁文先生：

　　谢手信，老病未能早覆为歉。附件已细读。华裳先生高谊，我已细看谨封。他所言极是，无须答谢已。如果某先生爱载在贵刊发表，我无意见，惟此信无刊登之必要，勘读此人为是，乃戚谊之举，请兄代为辞谢。盛情隆化谨书作心。

　　专覆，顺颂

编安

　　　　　　　　　　　杨绛

　　　　　二〇〇一年〇月二十九日

杨绛致董宁文手简

这封信立刻将我带到十五年前。信里说的"勘误",是我写的一篇校勘小札,考证钱锺书《读〈拉奥孔〉》中的一个讹字。稿子投给董宁文主编的《开卷》杂志,他转寄给杨绛先生审核。好像听董宁文说过,杨绛先生有信表示感谢。我只当是礼节性的客套,没有在意。这会儿,我也"翻箱倒柜",找出董宁文当年的来信,转录如下:

桑农先生:

　　大作已至三校时,看到《文汇读书周报》率先刊发,故撤下。因小刊的读者与《文》大都是重复的,望谅之。

　　尊作收到后,即与杨绛先生取得联系,她以为您的意见是对的,并对您的认真表示了钦佩之情,在此一并告知。望今后有合适的短稿再赐小刊为幸。

　　即请

撰祺

　　　　　　　　　　　　　　　董宁文

　　　　　　　　　　　　二〇〇一年八月二十日

两封信对读,我既兴奋又惭愧。遥想当年,也不算年轻，却那么冒失。钱锺书文章里出现一处错误，本来无关紧要。我写小文投稿，是因为考证时使用了陈垣先生概括的校勘四法（本校、对校、他校、理校），自己颇为得意，想发表出来，显摆一下。没想到董宁文如此慎重，更没想到杨绛先生如此宽厚。而我竟然在没等到确切答复的情况下，将稿件另投他处。幸好董宁文不以为忤，此后对我的文稿乃至书稿都多有关照。杨绛先生那里，因为不知道老人家到底说了什么，我也没有及时与她联系。

　　杨绛先生去世后的这几天，网络上有许多非议之词。一些不明就里的人，也跟在后面七嘴八舌。此时此刻，读到杨绛先生给宁文的这封信，真是百感交集。钱锺书、杨绛夫妇的确有些清高，爱惜羽毛。可与人龃龉，一定是有侵害名誉或权利之事发生。如果纯粹是学术问题，他们的态度又会如何呢？别的不说，这封信便是一个有力的证据。对于一篇微不足道的小文章，杨绛先生先去仔细"核对"，确认事实，然后表示"当改正"，最后还要"致谢"。杨绛先生的品格秉性，跃然纸上。

　　尽管信中的措辞令人汗颜，尽管杨绛先生自己说"无刊登之必要"，但时至今日，我觉得还是有必要让更多的读者看到，尤其是让那些不明真相的读者看一看，杨绛先生是否像某些以讹传讹者所说的"一味护短，仗势欺人"。

我想刊发这封信，还有一个原因。那则校勘小札在《文汇读书周报》上发表后，也被人注意到了。三联书店的一位朋友告诉我，出版社重印《钱锺书集》时，有编辑认为小文的观点是对的。可因为一位普通读者的意见，就改动原书，似乎不妥。讨论的结果，还是"将错就错"了。如果读到杨绛先生这封信，知道她的意见，那个讹字可以改过来了吗？

二〇一六年六月六日

陈梦家的志趣和情怀

近年来，随着遗著的系统整理出版、往来书信及相关文献的陆续公开，陈梦家的学术成就已为学界重新认识，生平事迹在普通读者那里也备受关注。今年正值陈梦家诞辰一百一十周年，其年谱类的图书就相继出版了两部：一部是《一朵野花：陈梦家纪事》（王黎群/著，黄山书社二〇二一年一月版），一部是《陈梦家先生编年事辑》（子仪/撰，中华书局二〇二一年六月版）。

熟悉现代文学史的人，知道陈梦家是新月诗派的后起之秀；从事古史研究的人，知道他在甲骨文、青铜器、汉代简牍研究方面的成就；喜好文博藏品的人，知道他的明代家具收藏。但是，这三者是如何集于一身的？这两部年谱类著作给读者提供了整合的契机和线索，陈梦家在人们心目中的形象，也将随之更加立体、更加清晰起来。

一

每个人年轻时都具有诗人的潜质,陈梦家则是将这种潜质发挥出来,而且发挥到了极致。他十八岁就在当时著名的《时事新报》上发表诗作;十九岁写出了早期代表作《一朵野花》,刊于《新月》杂志;二十岁完成了第一部诗集《梦家诗集》和书信体小说《不开花的春天》。当时,他只是南京国立中央大学的一名大学生。他与同学方玮德及其姑母方令孺、表兄宗白华等人过从甚密。他还促使并协助徐志摩创办《诗刊》。大学毕业之际,他编选的《新月诗选》由新月书店出版,至今仍是研究中国新诗史的必读文献。

陈梦家在新诗创作方面崭露头角,不仅受到徐志摩、闻一多的器重,连已退出诗坛的胡适也寄予厚望。他以通信的形式发表《评〈梦家诗集〉》一文,其中写道:"……读你的诗集和《诗刊》,深感觉到新诗的发展很有希望,远非我们提倡新诗的人在十三四年前所能预料。我们当日深信这条路走得通,但不敢期望这条路意在短时期中走到。现在有了你们这一班新作家加入努力,我想新诗的成熟时期快到了。"然而,新诗艺术的更迭异常频繁,并且由于种种原因，陈梦家也没有沿着早年的路走下去。

徐志摩去世后，陈梦家为他编辑了诗集《云游》，同时开始整理自己的诗稿《铁马集》。可就在此时，"一·二八"事变爆发，陈梦家毅然投笔从戎，赶赴淞沪前线，加入十九路军的抗日队伍。临行前，他将自己的诗稿交方玮德寄给方令孺保存，大有"壮士一去兮不复还"的气概。没有受过任何军事训练的陈梦家，在战场上只能帮助抢救伤员。这段经历，促使他创作了四首新诗，出版诗集《在前线》。其序言中写道："我以这诗来纪念我们无上荣贵的阵亡将士的忠魂，并以诅咒我命运上可羞的不死。"

无论是社会的大环境，还是个人生活的小环境，都发生了急剧的变故。他的一腔热情屡屡受挫，新诗创作的势头难以为继。好在他不甘沉沦，努力奋进。他先去青岛大学任教，随后又到燕京大学求学，几经周折，终于完成了从诗人到学者的蜕变。

二

陈梦家的转型有着多重原因，闻一多的影响无疑起到关键性的作用。陈梦家到青岛大学是应闻一多之邀,担任国文系的助教。当时,闻一多虽为文学院院长,却遭受歧视和排挤,说他"不学无术"。于是,他开始专注于古代宗教、神话、礼俗的研究。陈梦家到校后,两人朝夕相处,自然会耳濡目染。不久,学校闹学潮,反对"新月派包办青大"。闻一多致饶孟侃的信中说:"我把梦家找来当个小助教,他们便说我滥用私人,闹得梦家几乎不能安身。"一个学期后,两人结伴离开了青岛。

陈梦家到燕京大学,先在宗教学院学习,后考入研究院,师从容庚,专攻古文字学。唐兰后来在一篇"批判文章"里写道:"一九三四年前后闻一多先生把他介绍给我时,他有一大堆著作,说'夏朝就是商朝,夏禹就是商汤',在我看来完全是想入非非,没有根据。不久他就入了燕京大学研究所跟容庚先生学金文。"由此可见,陈梦家最初是追随闻一多研究古代宗教、神话、礼法,而后才转向研究古文字学的。

毕业后,陈梦家留校任教。一九三七年,他又经闻一多推荐,受聘于清华大学,随校南迁,至昆明,任教于西南联大。其间,他的学术研究又从古文字学拓展到古史研究的诸多领域,形成了自己的学术格局。一九三八年,他在给胡适的信中写道:"这五年来,我埋首于甲骨辑录和古籍之中,知道了清代人的考据,和如何应用古文字以窥古代的历史、社会、制度、宗教。我的兴趣在古代,而尤集中于宗教和历史制度,因古文字的研究,常常把经历中所埋沉的发掘出来。这五年的苦愤,救疗了我从前的空疏不学,我从研究古代文化,深深的树立了我长久从事于学术的决心和兴趣,亦因了解古代而了解我们的祖先,使我有信心在国家危急万状之时,不悲观不动摇,在别人叹气空愁之中,切切实实从事于学问。"

陈梦家接下来写道:"……虽然从事国学,我自己往往感到许多缺欠,而尤其是国学,不但尽量整理旧典籍新材料,更重要的是新方法以及别国材料方法的借镜。"他希望能有出国深造的机会。胡适是否做过努力,不得而知。一九四四年,由费正清、金岳霖推荐,陈梦家得到资助前往芝加哥大学任教一年。在美期间,他又应哈佛燕京社之约,遍访全美各地博物馆和私家收藏,编撰《美国所藏中国铜器集录和中国铜器综述》,一待就是三年。回国后,他还兼任清华大学文物陈列室筹委会主任,并与梁思成、邓以蛰联名建议学校成立艺术史系和

研究室。原本打算借此实现学术机制的改革,终因
传统故习的羁绊,加上时局的动荡,未能一显
身手。

一九五二年,陈梦家被分配到中国科学院考古
研究所。进行思想改造的同时,他仍然坚持学术研
究。一九五六年出版的《殷墟卜辞综述》,是一部
长达七十万字的皇皇巨著。一九六〇年,尚未摘掉
右派帽子的陈梦家被派往甘肃武威,协助整理新出
土的汉简,他又全身心地投入其中,几乎达到忘我
的境界。之后,他的精力主要集中在汉代简牍研究
上。一九六二年,他编撰的《美国所藏中国铜器集
录》更名为《美帝国主义劫掠的我国殷周铜器集
录》,以"中国科学院考古研究所编"的名义公开
出版。

纵观陈梦家的古史研究,无论是商代甲骨、周
代铜器、汉代简牍,都是以出土文献为中心,重视
实物的搜集和整理,将已有的成果融会贯通,加以
综合概括。有批评者认为他疏于个案考释,但他立
足学术前沿,擅长宏观概述,动手、动笔的速度极
快、效力极强。无论是条件优越还是身处逆境,他
都能够把握机遇,专心致志。这与他的志向及秉性
不无关系。

三

除了诗人的激情、学者的执着,陈梦家给人们留下深刻印象的,是他的业余嗜好。他热衷收藏明代家具,喜欢看戏,常为后人津津乐道。

陈梦家购藏明代家具,始于一九四七年自美归国后。他为清华大学文物陈列室购买文物,经常出入古旧市场,顺便也为布置自己的新宅购置家具。当时国内战事胶着,动荡不安,文物、家具之类价格非常便宜。陈梦家写信给尚在异域的妻子说:"近日现款奇紧,而又拼命收买小物,因价格太便宜,失去可惜。此等东西,别人未必懂得它的妙处,而我们将来万一有窘迫,可换大价钱也。若不需如此,自己留着亦极可贵,我实愿自留赏玩。你看了必高兴,稍等拍照给你。"在另一封信中,他又提到买了一张明代小方桌,"愈看愈爱",朋友来看,"羡慕不已……又要我让"。当然,陈梦家后来并没有变卖、转让他的藏品。风雨欲来之际,他曾有意将部分珍品捐给上海博物馆,以确保其免于文化浩劫。

当年,王世襄常和陈梦家一起去市场收购古旧家具。他回忆说:陈梦家稿酬收入高,可以买我买不起的家具。自己买的是边边角角，不成系列，陈梦家则是一堂一堂地买，大到八仙桌画案，小到首饰盒笔筒，一应俱全。王世襄将陈梦家视为他从事明清家具收藏的启蒙者，其代表作《明式家具珍赏》的扉页上就赫然印着一句献辞："谨以此册纪念陈梦家先生"。

二十世纪五十年代有段时间，许多地方戏种纷纷进京演出。陈梦家对此也极感兴趣，在忙于思想改造、勤于学术著述之余，常邀朋友一同去看戏。赵珩《一弯新月又如钩》中写道："陈梦家特别喜欢看戏，尤其喜欢地方戏。印象最深的是他请我父母带我去看川剧。……陈梦家很懂戏。有几位特别棒的川剧演员，他们有什么好处，他都分析得头头是道，也经常讲给我听。"他还记得，陈梦家很喜欢豫剧演员肖素卿，写过捧她的文章，请她吃过饭。谢蔚明也在回忆文章中提到，陈梦家让他出面约曲剧演员魏喜奎一道吃饭、畅谈。

陈梦家看戏不仅仅是娱乐消遣，他撰写了多篇剧评，发表在《人民日报》《光明日报》《文艺报》和《新观察》上，俨然一位专业的剧评人。他十分喜欢"老百姓爱看的戏"，觉得应该发扬这一优良的传统，扬弃一些糟粕和繁冗枝节，以崭新的面貌出现。他认为一些非常好的老戏,是"老根上长出的美花","应该爱护之,培养之,使其老根成为接生新品种的基础"。他赞成将好的老戏多多拍成电影,因为拍成电影的地方戏比在舞台上演出的更出色,而且能使更多人看到"优美的文化遗产"。

陈梦家的业余嗜好,并非单纯的闲情逸致,更不曾玩物丧志。与他的新诗创作、古史研究相对照,志趣和情怀完全是一致的。

二〇二一年十月

王莹散文《黑天使》按语

王莹没有出版过文集,更没有出版过全集,除了两部自传体长篇小说,就只有前些年"海豚书馆·文艺拾遗"系列中的一本小册子《衣羽》。该书主要收录她"青年时代的抒情小品",还有一些随笔、杂感、通讯、特写和短篇小说。据称,这是一部"精选集",但旧报刊里能找到的像样的作品,基本上都囊括在内了。

近日查阅资料,偶见一九三四年十月创刊、仅仅发行四期的《文艺画报》,里面有王莹的两篇文章:一是第二期中的散文《黑天使》,二是第四期中的随笔《〈新女性〉的推荐》。后一篇已收入《衣羽》一书,前一篇应该属于集外佚文。

鲁迅杂文集《花边文学》里有一篇专谈《文艺画报》创刊号,是讽刺该刊编辑"中国第一流作家"叶灵凤和穆时英的,尤其是嘲笑叶灵凤的插画"活剥琵亚词侣、生吞麦绥莱勒"。不过,平心而论,几

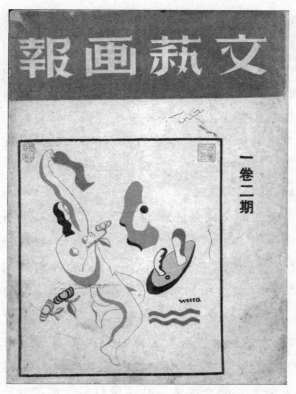

《文艺画报》第二期封面

期刊物上还是发表了一些有价值的文章,例如阿英的《夜航小引》《谈版本》,以及叶灵凤本人的《书鱼闲话》,都是现代书话名篇。王莹的散文《黑天使》,也堪称一篇优秀的"抒情小品"。

王莹最初引起文坛关注的作品,发表在著名的《现代》杂志上。据该刊主编施蛰存回忆,他与王莹在一次宴会上凑巧邻座。王莹得知他是一家文学刊物的编辑,便说自己也想写文章;施蛰存随即向她约稿,于是就有了《现代》和《文饭小品》上陆续刊出的几篇散文。

王莹的文稿是怎样到了叶灵凤手里的?具体细节不得而知。两人之间,想必也有接触或交往。《文艺画报》第二期卷首,有一面"为我们执笔的人"插页,选登本期重要作者的照片,第一位是徐迟,第二位便是王莹。第四期上,另有一组插图"舞台人的后台生活",前两幅分别为"王莹正在化装"和"化装好了的王莹"。这类明星生活照,显然由王莹本人配合提供。叶灵凤对王莹的稿件同样给予重视,首篇作品即享受名家特稿的待遇,并配发作者照片。而这篇《黑天使》的艺术水准,与《现代》杂志上的那几篇相比,丝毫也不逊色。

《黑天使》全文约两千字,分为三节。第一节写黄昏的山坡上，"我"，一位青年女教师，与几个天使般的小学生一起闲话、唱歌，充满田园牧歌的情调。第二节写"我"启程离开山村，孩子们赶来惜别，恋恋不舍，相约再会。第三节写离别时的情景，伤感的心情，特别是想到这些穷苦孩子的未来命运，"我"不禁潸然泪下。作者擅于用景物来烘托氛围，用细节来呈现画面，用对话来展开情节；通篇剪裁精当，简明清晰，真挚动人。

王莹于一九二八年秋到上海，最初在浦东乡下一所小学任教，不久进入夏衍、阿英等人组织的艺术剧社，后来又加入明星影片公司。《黑天使》一文，便是取材于她在浦东的那段生活经历。文章最后那几句悲愤的"天问"，表达了她对底层人民的深切同情。作为一位"明星作家"，王莹既不同于那些灯红酒绿的演艺明星，也不同于那些风花雪月的文艺青年，《黑天使》中的现实关怀，明显昭示了她的左翼立场。

王莹的一生颇具传奇色彩，且又令人感叹惋惜。她文学天赋极高，才华横溢，却未能得以充分施展。别的暂且不说，仅看她早年这些诗意盎然的"抒情小品"，若有安宁的环境和心境，写上几年，一定会取得同时代散文家丽尼、陆蠡那样的成就，在中国现代文学史上占据一席之地。

二〇二二年四月十三日

附录：黑天使（王莹）

　　下弦月斜斜地升起了，天空横飞过了一群燕子。黄昏的山脚下，小野花，寂静地，随着轻风飘摇着。在这微微带点破落的小村子里，和孩子们踏着朦胧的月影，在这小山坡里，静静地数着蓝天下闪烁着的星，天真地说着话的事，是再温情也没有的了。

　　"燕子到那儿去呢，先生？"阿珠又抬起了黑黑的小圆脸，眸子里闪烁着好奇的光辉，冲破了山野的静寂。

　　到那儿去了呢，我也不知道呵！——可是却：

　　"燕子吗？是回家去了呵。"

　　"燕子的家在那儿呢？"根生忽然睁大了眼睛望着我。

　　"呵……燕子的家吗？是在南方呢。"我静静地凝视着天空，"路是遥遥地，隔着了一道海。”

“什么时候回来呢？”阿珠伸着小小的手指，指着那遥遥的红屋檐下的空巢。

“啊，在最可爱的春季吧，当树叶子都发绿了的时候呀。”

“呵，呵！”孩子们憨气地，天真地笑着了。

“布谷鸟到底是怎么地叫着呢？”明明想起了什么似地，紧紧地盯了我的眼睛。

“不是对你们说过了的吗？”微笑在我的脸上掠过了。

“今天主任先生对我们说的是：布谷鸟每天都叫着‘割麦插禾，割麦插禾’的哩。”明明受了委曲似地，“我说，不对呢，它叫的是：‘我没有做巢’的呀！可是，他却气了，罚我站了半点钟哩。”明明的小嘴又堵起来了。

“唉，小淘气的！为什么常常和主任闹蹩扭呢？”

“我喜欢你的呀！”右手被明明的小手捏得紧紧地。

“我也喜欢的呀。”左手又被阿珠的拉着了。

“我们大家都喜欢的呀！”一个小阵式似

地，把我围了起来。

无邪地，情热地，欢跃声充满了这寂寞的小山野。

"唉，别吵呵，静静地，大家唱一个歌可好吗。"我，这已经失去了天真的大孩子；也忘怀了一切地，伴着他们无邪地笑了。

"好的！"根生便第一个粗着嗓子唱了起来。

静的山谷似乎受了扰了。

"哈！"孩子们高兴地拍起小手来了。

"唉，别吵呵，要静静地，和小河那边的牧笛那么地静着才行呵。"声音里是带着了浓浓的爱意。"还是女孩子唱吧，阿珠，唱一个可好吗？"

短短的黄发，在阿珠的黑黑的圆脸上，飘飘地，"可不许看我的呵！"牵着洁净的衣角，娇憨地说着。

"谁也不看的哩。"男孩子们背转了身子。

山谷里便流着了一个圆玉似地可爱的歌声了。

不知在什么时候，下弦月已经悬在山的那面了，明亮的月光，穿过了林子，照着我们微笑的脸。

村子是更朦胧了。

迎着醺人气息的轻风，一串梦似地，手推车，辘辘地，在晶晶薄露的野草中，缓缓地走着。田根上的石榴花已经殷红的了。

山歌恬美地，飘过了静寂的山坡，飘过了温柔的稻田，蓝天下，稠密的灌木林，微笑地招展着，车子走过了两重山时，一切便都又消失在记忆里了。

——这迢迢地寂寞地旅程呵。

"先生呵……"一些小黑脸在旅途中忽然地现露了。

"呵……孩子们呵……"我欣悦地呼唤着。

"我要和你一同去的呵！"便拦着了缓缓前行着的车子，明明的小眼睛里，泪珠莹然地亮着了。

"你什么时候回来呀？"阿珠伤心地牵着了我的衣角。

"什么时候回来呀？"车子便在孩子们的叫声中，暂时地停下了。

唉，什么时候回来呵！当我正要在这群天真（地）的队伍里，在这山野气息的笑声里，忘去了那愚蠢的文明时,生活又那么快地把我鞭挞到这灰色而又寂寞的旅程上了。

"我会和那些燕子一同地归来的。"我指着那遥遥地红屋檐下的空巢。"忘记了没有呢,是当树叶子都发绿了的时候呀。"一丝哀愁的笑,在我脸上掠过了。

"不……"阿珠便把小脸靠在我的胸前哭了。

"不呵……"孩子们苹果般的颊上,都泪点闪闪地了。

"唉,小淘气的呵。"我极力地微笑着,拿出手绢拭着那些苹果颊上的点点泪痕。

"我最喜欢你和妈妈的呵。"

听着孩子们咿呀的话语,慢慢地,觉着笑不出来了,而且,也想哭了。

唉,自己也哭着,那是不行的呵,便把眸子移了开去。

"接到了我的信的时候,便是我回来的时候了,那时,我又看见你们笑着来接我了,不是吗?"我悒悒地抚慰地说着。

"是的。"

"天黑了,我也要到河沿上来候着你的

哩。"孩子们又憨气地天真地笑着了。

夏蝉银铃似地振着歌喉，从树叶里露出了蔚蓝的天空。

"和我走过那座山吧，船傍晚就启碇的，迟了是不行的呵。"

便大家拉着了手，一同地走过了那座山。

当车子梦似地走着，又在石铺的小道上，辘辘地走着时，已经是满村的炊烟映着晚霞了。

"一定要写信来的呵。"

"我们要在河沿上，河沿上去等你的呀。"

"先生呵……"

随着这声音回转头时，孩子们是渐渐地远了，模糊了，看不见了、"唉，别了呵！"默默地叹息着，寂寞便深深地从心底爬过了。

"为什么隔壁小宝可以到城里读书，而我不能呢？"

"为什么爸爸盖洋楼，我和妈妈睡在牛棚里呢？"

"为什么爸爸整年在丝厂织绸，我和妈妈穿破衣服呢？"

"为什么秋天我便要到城里面去做工不读

书了呢?"

为什么呢,为什么呢?

在茫茫的旅程中,在伤感的怀念里,那些最懂事的,而又最不懂事的话语,便轻轻地浮到记忆里来了。

当我想到不能再见着那些可爱的小黑脸,不能再寻着那些纯洁的小灵魂时,这一次眼泪可真的在我脸上流着了。

原刊于《文艺画报》第一卷第二期(一九三四年十二月)

《书衣文录》对读记

　　这篇文章的标题不够严谨,因为原先的稍长,做了删节。完整的题目是:《书衣文录(手迹)》与《书衣文录(增订版)》对读记。

　　孙犁《书衣文录》的第一个单行本,一九九八年由山东画报出版社出版。增订本是二○一三年由人民文学出版社出版的,手迹本是二○一五年由百花文艺出版社出版的。出于好奇,我最近在网上订购了后两种,想看看它们到底有何不同。

　　增订本与初版本是同一位编者,增订了哪些内容,他在后记里已有说明,此处不再赘言。我觉得增订本最值得称道的,是编者费心编写的"书目索引"。孙犁整理图书、撰写书衣文的具体年月,一目了然。手迹本也大致按年代先后编排,可惜整本书连个目录都没有。虽然是对页设计,图文并置,读起来非常方便,查找时却十分麻烦。

　　我花费了不少时间和精力,将手迹本与增订本一一核对。初步统计的结果是：手迹本影印书衣文二百二十七则，其中与增订本重复一百七十三则，另外一百零四则是首次公开的；增订本收录书衣文三百七十一则，其中与手迹本重复一百二十八则，另外二百四十三则是手迹本里没有的。两边重复的数目并不吻合，是因为有些书分好几册，每册上都有文字，孙犁在抄录发表时将其合为一则了。

从统计数字看，孙犁的藏书——至少藏书上的书衣——并未全部保存下来。不过，手迹本中还是有许多新的内容，可以作为增订本的集外轶文，这是令人欣慰的。细看两书的重复部分，还会发现，有些文字经过或多或少的改动。这种不同版本的差异，也应该引起孙犁的爱好者和研究者关注。

孙犁的书衣文，原本不是为了发表。即使给人看，也属于私人空间的话语；抄录发表，则是转为公共空间的话语。哪些抄，哪些不抄，作者自然有所考量。而取舍之外，修改也是作者的权利。这一方面是考虑到话语空间的转换，一方面也关系到作者自我形象的展示。对照手迹本与增订本中改动较大的篇目，尤其能证明这一点。例如《津门小集》一则，手迹本里的原文是："回忆写这些文章时，每日晨五时起床，乘公共汽车至灰堆，改坐'二等'，至白塘口。在农村午饭，下午返至宿舍，已天黑。然后写短文发排，一日一篇，有时一日两篇。今无此精力矣。然在当时，尚有人视为'不劳动'、'精神贵族'、'剥削阶级'者。呜呼，中国作家，所遇亦苦矣。"增订本则修改为："回忆写作此书时，我每日早起，从多伦道坐公共汽车至灰堆。然后从灰堆一小茶摊旁，雇一辆'二等'，至津郊白塘口一带访问。晚间归来，在大院后一小屋内，写这些文章。一日成一篇，或成两篇，明日即见于《天津日报》矣。此盖初进城，尚能鼓老区余勇，深入生活。倚马激情，发为文字。后则逐渐衰竭矣。"

《书衣文录》中关于周作人的几段文字，历来都有争议。对照手迹本与增订本，也会发现均有改动。例如《鲁迅小说里的人物》一则，手迹本里有"而因缘日妇、投靠敌人之汉奸文士、无聊作家"一句，增订本里则删去其中"汉奸文士"四个字。再如《知堂书话》一则，手迹本仅有十一个字："刘宗武赠。书价昂，拟酬谢之。"增订本里，其后还有一段评论："知堂晚年，多读乡贤之书，偏僻之书，多琐碎之书，与青年时志趣迥异。都说他读书多，应加分析。所写读书记，无感情，无冷暖，无是非，无批评。平铺直叙,有首无尾。说是没有烟火气则可,说对人有用处,则不尽然。淡到这种程度,对人生的滋养,就有限了。这也可能是他晚年所追求的境界,所标榜的主张。实际是一种颓废想象,不足为读书之法也。"因为手迹本仅影印了《知堂书话》上册的书衣,这段话或许题写在已经遗失的下册书衣上,当然,也有可能是作者后来补写的。

改动幅度最大的,当属《知堂谈吃》一则。前半段个别地方稍有调整,后半段文字则是全部改写。例如,手迹本第一句是:"文运随国运而变,于是周作人、沈从文等人大受青睐。"增订本则改为:"文运随时运而变,周氏著作,近来大受一些人青睐。"手迹本的后半段是:"没有人否认周的文章,但文章也要分析,有好有坏。并非凡他写的都是好文章。至于他的翻译,国家也早就重视了。还有沈从文,他自有其地位。近有人谈话称,鲁迅之后,就是沈了。尊师自然可以,也不能不顾事实。过犹不及,且有门户之嫌。还有人把我与沈挂钩,且实在没有渊源,不便攀附,已去信否认。"增订本删掉后半段原文,重新写了一段:"有些青年人,没受过敌人铁蹄入侵之苦,国破家亡之痛,甚至不知汉奸一辞为何义。汉奸二字,非近人创造,古已有之。

即指先是崇洋媚外，进而崇洋惧外。当敌人入侵时，认为自己国家不如人家，一定败亡，于是就投靠敌人，为虎作伥。既失民族之信心，又丧国民之廉耻。名望越高，为害越大。这就是汉奸。于是，国民党政府，也不得不判他坐牢了。至于他的文章，余在中学即读过，他的各种译作，寒斋皆有购存。对其晚景，亦知惋惜。托翁有言，不幸者，有各式各样，施于文士，亦可信也。"将手迹本与增订本比较对照，孙犁的良苦用心，昭然若揭。

孙犁去世后，有人撰文论述"当代文学中的周作人传统"。文中把孙犁晚年的创作也归入这一传统，尽管作者也点明孙犁本人不会认同。试想，如果孙犁在世时读到这样的文章，会有怎样的反应。是像得知有人将他与沈从文挂钩而立刻去信否认，还是会有更加立场鲜明、态度强硬的表示呢？

二〇一六年一月二十五日

诗情画意的导游书

上海书店出版社新版《陈从周自编随笔集》，汇编作者著作，计六种七册。除《梓室余墨》上下两册初版是根据未刊笔记排印，《书带集》《春苔集》《帘青集》《随宜集》《世缘集》五种的初版，均为其晚年陆续见诸报刊的文章结集而成。这些随笔与孙犁"劫后"十种、张中行"负暄"三话一样，属于所谓"老生代散文"。但由于作者身份、经历各异，文章选材、选题也有所不同。这套"自编随笔集"里大量长短不一的游记，尤其引人注目。

作为中国建筑学界屈指可数的权威之一，陈从周生前经常被邀请到全国各地去指导城乡建筑规划和古建筑维修。每到一处，他必然会有一些见闻和想法。他的这些游记，既不同于写景抒情式的传统游记，也不同于文化苦旅式的时新散文。他笔下有关当地自然和人文景观的专业点评，往往让人耳目一新。如《书带集》开篇《泰山新议》中说："岱庙

有古建筑、有古树、有山,而泰山若屏,作为岱庙之
'借景'。岱庙是整个泰山风景的起点,正如一幅
长的山水画卷,岱庙是'引首'。我们不能孤立地
分割来看。"像这样画龙点睛的导览文字,在陈从
周的游记中俯拾皆是。

作为普通读者,读到陈从周的游记,回头再想
想自己平日的游玩经历,肯定频频有会心之处。例
如,他谈到"旅"和"游"的区别,说"旅"要快、"游"
要慢,而许多人不明白这一点,把旅游变成了"行
军拉练"。现今的交通设备方便而快捷,但这种现
象似乎并未改观。人们旅游的时间大部分仍然花
在路途中,到了景点,拍个照,就匆匆离开;无论是
跟团旅游还是自由行,大多如此。

至于他关于各地景观及园林差异的比较,颇能
发人深省。他说,北方气候寒冷,落叶早,为了不
使景色感到枯寂,多栽松柏等常青树;南方普遍栽
植的则是落叶树,因为落叶能见四季,夏避阴,冬
受阳,从芽叶直到枯枝,给人不同的美感享受。南
方树叶颜色淡,建筑物色彩不能浓,要白墙灰瓦;
北方树色浓,建筑物色彩浓一些是允许的。北京园
林里有红的柱子、黄的琉璃瓦,与常绿的松柏、蓝
的天、白的云相映,很漂亮,很舒服;江南园林要弄

成红砖黄瓦，夏天就吃不消了。他还指出，凡是平原地带风景差的地方，园林就发达；凡是自然风景好的地方，园林就不发达。四川园林不多，安徽也没有好园林，因为这些地区有天然的好山好水。此外，他在《东游鸿爪》中说："日本园林自然中见人工，中国园林人工中见自然。"真是概括到位，一语中的。他的这些见解，如果与我们自己游览的经验相印证，会顿时豁然开朗。

陈从周是古建筑和园林学家，其代表作《说园》，却不是明代计成《园冶》那样的系统论著，而是采用零星短札的形式，且文辞典雅，完全可以当作随笔小品来读。"自编随笔集"里，有不少类似的园林小品，隽永可读，自不待言。这里想特别提醒的，是其中有多篇短文，反复强调园林美与昆曲美的相通。陈从周认为："曲境就是园境，而园境又同曲境。"例如表演"游园惊梦"时，如果脑子里有了园林的境界，演员的一举一动，便不是无本之木、无源之水了。他曾应昆曲大师俞振飞之邀，去上海戏曲学院昆曲班讲园林，也曾请昆曲演员到其供职的同济大学建筑系来演出。新一代昆曲名家梁谷音从他学习，以园解曲，以曲悟园。他也写过一系列文章，盛赞梁谷音的表演艺术。当年主持重修豫园，他还将其中一处景点取名为"谷音涧"。不知这个名称，是否保留至今？园曲相通的观念，却早已深入人心了。在园林里唱昆曲，更是成为一种时尚。读了陈从周这些文章，方才意识到，这种园曲结合的形式，原来并非古已有之，而是他个人艺术主张和多年不懈追求的结果。当然，《说园》初版时，由俞振飞题写书名，便昭示了这两种艺术融合的趋势。

　　说到题写书名，"自编随笔集"里，除《梓室余墨》系自书，其他五种也是由他人题签，依次分别为叶圣陶、陈植（直生）、苏步青、苏局仙、真禅法师。这五个集子，也都请人作序，作者有俞平伯、陈植（养材）、冯其庸、钱仲联、邓云乡、王西野。个别序言里谈到陈从周散文随笔的师承，将其上溯到晚明小品，如王思任的游记、祁彪佳的《寓山注》以及张岱。前两位在题材上明显一致，张岱的影响恐怕主要在文风上，且是通过俞平伯的推介一脉相传的。陈从周推崇俞平伯早期的散文，不仅自己的第一个集子请他作序，还写过一篇《再版〈燕知草〉读后感》。该文结穴写道："这书还是一本富有诗情画意的导游书，他教人怎样得到美，怎样产生情，怎样脱离低级趣味，怎样沉潜在大自然的怀抱中。"这段评论俞平伯散文集《燕知草》的话，完全可以转过来，用以评价陈从周本人的"自编随笔集"。

最后，还要说一下《梓室余墨》。这部笔记初版的时间虽然最晚，手录成册的时间却早于其他五种。全书共分六卷，一二卷于一九七三年五月抄毕，三四五六卷定稿的时间分别为一九七三年十一月、一九七四年十月、一九七六年十二月、一九七七年十月。令人感慨的是，一二卷手稿本写竟，还当即寄给了远在北京的冯其庸，请其撰写题跋，希望有朝一日能够面世乃至传世。考虑到那个特殊的年代，这一类园林掌故根本没有出版的机会，陈从周仍然那样心无旁骛、孜孜不倦，足见其写作动机之纯、信念之坚。这种境界，是当下众多追名逐利的学者作家们永远无法企及的。

二〇一九年十一月十六日

曾彦修的终审意见

　　生活·读书·新知三联书店并非文学或文艺类出版社，却出版过两部文学名著。那就是曾入选"百年百种优秀中国文学图书"的《傅雷家书》和《干校六记》。这两本书，都是二十世纪八十年代初由范用先生主持出版的。最近，翻阅书店自印的小册子《时光：范用与三联书店七十年》，偶见其中影印的相关选题报告和推荐意见，均为范用本人亲笔起草，上面还有曾彦修先生手签的终审意见。

　　三联书店一度并入人民出版社，作为其副牌，当年尚未恢复独立建制。范用时任三联书店总经理；曾彦修是人民出版社的负责人，是范用的上级。改革开放之初，出版界日渐活跃，书稿审批制度也相当严格，层层把关，责任明确，由此可见一斑。

　　《傅雷家书》的推荐意见里写道："……出版一本傅雷的家书集，在政治上应不成问题，从积极的

《傅雷家书》发稿单

意义上讲，也是落实政策，在国内外会有好的影响。我选了几封信，希望彦修同志看一看。另附有关傅雷、傅聪的几份材料，亦请一阅。"曾彦修在发稿单上签的终审意见是："有关材料我看了，我相信傅雷这样的都不可能讲坏话，就不看了，先印吧。"

《干校六记》的选题报告里写道："昨天杨绛来书，有云乔木同志从《广角镜》上看到这篇文章，嘱钱锺书传话，他有十六个字考语：'悱恻缠绵，哀而不伤，怨而不怒，句句真话'，并认为国内也当出，杨绛问三联是否愿出？因此，提请考虑。"报告的抬头，用红字书写"送彦修同志阅示"。旁边即是曾彦修当天签的意见："杨绛同志当然不会假借别人的名义讲话。我看了前五段，觉得比较平淡，评价不如乔木同志之高。但政治上作者自己的保险系数是很高的，我觉得三联可以出，但恐怕不会如何轰动。"

曾彦修被誉为"新中国成立以来最具影响力的出版人之一"，也是一位杂文大家，鲁迅先生的信徒，笔名严秀。他当时未及细读《干校六记》，或许也是因为文风不合口味，对这部著作评价不高，期望值不大。可此书出版后，在读者中引起的强烈反响，想必他有所了解。他后来应当仔细读过这本书，并且很有共鸣。他晚年撰写的回忆录取名《平生六记》，各节标题依次为"土改记异、打虎记零、镇反记慎、肃反记无、四清记实、反右记幸"。其形式既是在模仿《浮生六记》，也是在模仿《干校六记》；而从内容上看，似乎更接近于后者。

曾彦修作为出版部门的负责人，凭借对作者的信任和敏锐的政治嗅觉，迅速果断地做出决定，让这两部传世经典得以顺利面世，在中国当代文学出版史上留下精彩的一笔。他的两段终审意见，寥寥数语，看似随意、任性，却体现了一位老出版家的自信与担当。

二○二二年七月二十八日

读《存牍辑览》随札

日前赴京，在三联书店编辑部，获赠《存牍辑览》一册。此书为范用生前所编书信集，选录他收到的一〇三位作者的三百七十五封书信，三联书店二〇一五年九月第一版。

范用主持三联书店期间，尤其是二十世纪八十年代，出版了大量为读者津津乐道的好书。《傅雷家书》《干校六记》《随想录》之类且不说，《晦庵书话》《读书随笔》等一系列书话，以及后来白色封皮、小开本的"读书文丛"，更是受到爱书者的追捧。就我个人而言，范用编的书，可谓伴随着青春岁月，是我那段人生途中最丰盛的精神食粮。

翻阅《存牍辑览》，看到当年作者与编者之间的交流，了解那些珍爱的书籍是如何问世的，真是一件赏心乐事。其中一些细节，也可以当作"书林逸话"来读。

　　集里收录唐弢致范用的第一封信,时间是一九七三年。在那样一个特殊的年代,范用将他多年收集的一大本唐弢书话剪报寄给了作者。这自然让唐弢兴奋不已。他在信中夸奖范用收集得多,"可说是全璧",并逐一介绍了书话发表的各种报刊。随后,他还将一册"外间少见"的《书话》精装本送给范用。

　　五年之后,在一九七八年十二月二十四日的信里,唐弢谈到《书话》将由三联出版一节。因该书原由北京出版社发行,作者署名"晦庵",此次,他有意"改版":"我打算用真名,而将书名改为《晦庵书话》,共分三部分:(一)《书话》原收四十篇(我已改正);(二)曾在香港《大公报》发表、国内未发表的《书城八记》八篇(也已搜集改正),谈版本、买书、校订等,每篇比《书话》略长;(三)解放前写的书话选录一部分(这是您上次谈及,我也想做的)。"

　　一九七九年二月二日,唐弢又致信范用,对《晦庵书话》的分辑做了调整:"目前计分:《书话》《读余书杂》《诗海一勺》《译书过眼录存》《书城八记》《附录》等部分。"其间二、三、四部分，就是所谓"解放前写的书话"。他显然选了不少，为了各部分的篇目比例，不得不将其分为三辑。

《晦庵书话》正式出版时，除将《附录》移至《书话》后，基本保持了上述五辑的框架。此外，第四部分的辑名删掉一个"存"字。

二

黄裳与范用联系，最初是想在三联出版他的四本旧著，即《锦帆集》《锦帆集外》《关于美国兵》和《旧戏新谈》。他还打算"要各写一篇新的题记"。范用对此似无兴趣，提议他"集印近作"。

于是，黄裳在一九八〇年二月六日的信中写道："一年来胡乱写了不少东西，本想选一下，印一本，前两天巴金给我看了《随想录》的样书，觉得印得很漂亮，非常喜欢，但我要印这样开本的书，就容不下了，只有二法，分开印，仍用小开本；合起印，本子就要大一些。如果印合集，只能以时间为序（多收一年来所写），成为'杂文集'。如分印将有三册：（一）《书林一枝》（《读书》所载，加《书之归去来》，《大公报》载，《云烟过眼录》，后者有的用文言，是否合适，请考虑，或将来另为一集，实在也还有许多未写出）。（二）《春夜随笔》（《大公报》所载，加国内所发表者，想精选一下）。（三）《游记三篇》（《苏州的杂感》《湖上小记》《白下书简》，都是《大公报》载，后者有两篇将在《收获》和《雨花》发，是三个地方的游记，书名未想好）。以上是集印近作的初步设想。"

对照一九八二年二月初版的《榆下说书》，可见双方协商后的结果。该书未分辑，仅在目录上以空行的形式显示为三部分：第一部分即"初步设想"中的"《读书》所载"，第二部即"书之归去来"，第三部分即"春夜随笔"。而"云烟过眼录"和"游记三篇"两类文字，最终未能入选。

三

卞之琳某年六月二十日致范用信中说："那个日本得诺贝尔奖后自杀的作家，我一时又想不起名字了（你看我的记忆力出了多大的毛病）。他那些散文诗式的短小说，我读到过一些，很喜欢的。你收集到的译文，得空找到了，请借我看看。我倒想建议你们出版社把这些译文（内地刊物上也有些，只是我不记得在哪里了）收集整理，或请文洁若同志校一下或直接自译，编一本书出版，我看一定有销路。"

卞之琳喜欢川端康成的"掌小说"，应在情理之中。那些精致的短篇，与他当年翻译的《阿佐林小集》，有相通之处。范用是否考虑过他的这一建议，不得而知。三联书店后来倒是出版了《川端康成掌小说百篇》，译者叶渭渠。

卞之琳建议将收集的译文交给文洁若"校一下"，或者请她"直接自译"。他大概不知道，为避免审校叶渭渠、唐月梅夫妇的川端康成译文，文洁若对同在一个办公室上班的叶渭渠"拍桌子"，以致两人从此"未再说过话"。此事说来话长，可参见文洁若的《致叶渭渠的一封公开信》。

二〇一六年四月

李泽厚先生走了

今天中午，翻看微信朋友圈，得悉李泽厚先生在美国科罗拉多寓所逝世，享年九十一岁。虽然有点突然，也不怎么意外，却未免觉得一种失落、一些感伤。

我最早阅读他的著作，是二十世纪八十年代初文物出版社出版的《美的历程》。同时阅读的，还有宗白华的《美学散步》。该书的序言，恰巧是李泽厚所作。两本书我都读得非常仔细，还做了厚厚的一大本摘录笔记。

他去国前所有的著作，我都有购藏，并细读过。他的"美学三书"、三部"思想史论"以及《批判哲学的批判》，都给我极大的启发。当时的印象是，二十世纪下半叶的中国学术界，如果要找出一位思想家，那就是他了。然而，他在海外与刘再复合著的一部对话录，令我百思不得其解。此后每见他有新著出版，只是随便找来翻一翻，再也没有以前那样的兴致。

当然，作为一名教书匠，在课堂上还是会讲到李泽厚。他的实践美学，他的历史积淀说、自然人化说、情感本体论等，我都曾给学生做过分析和解读，甚至布置过作业，出过考试题。几年前，我还用了整整一个学期每周三课时，与学生一起逐章逐节地研读《美的历程》，讨论其资料来源、结构布局、文体风格，也包括其不足或局限。

这本名著现今是三联书店的品牌书、常销书，每隔两三年就会再版重印。一次，我与该社资深编辑曾诚先生通电话，谈到书中有一处注释里的人名有误。他当即核对确认，说会向具体校对人员反映，还说会奖励我一册新版典藏本。前两年，因为编选《五四百年评说》一书，拟收录李泽厚的名作《启蒙与救亡的双重变奏》，需要联系版权事宜，又是曾诚先生给我提供了联系方式。

因嫌越洋电话麻烦，我只是通过电子邮件征询李泽厚先生的许可。他很慷慨地同意授权，并让我与《李泽厚散文集》的编者马群林先生商订细节。等出版社版权编辑与他正式签约时，得知出版的是繁体字本，他又回信说，早年著作的版权已全部卖给了某某书局，让我们自己去解决。最终由于对方要价过高，出版社决定撤下那篇名作。我对此无能为力，只是请求尽量保留"编选前言"中与之相关的述评文字。

我撰写的"编选前言"，随后刊发在《书屋》杂志上，与刘再复先生的一篇文章在同一期。刘再复与李泽厚住在同一所城市，他将杂志拿给李泽厚看过后，告诉该刊副主编刘文华先生，说李泽厚读了拙文"大吃一惊"，讲了一句"没想到……"。刘文华先生将原话转告时，我没有立刻明白其中隐含的意思，也没有特别在意。可后来，我经历了一次奇遇，证明了他的预感，足见他晚年依然思想敏锐、目光如炬。

二十世纪八十年代，李泽厚被年轻人尊为"精神导师"。我的青春岁月，正好是伴随那个年代度过的。像许多同辈人一样，我也曾是他的一位忠实读者，一位崇拜者。没想到在他客居异国、安度晚年之际，能与他有这么一点近似风过无痕的接触。尽管就这么一点点，在旁人看来完全微不足道，但对于我个人而言，无疑是弥足珍贵的。

不管怎样，李泽厚先生是我青春时代的偶像。而今只要一听人说起他的名字，就会让我回想起那个思想活跃、朝气蓬勃的黄金时代。先生走了，那个时代的记忆也将随之模糊淡化、日渐消逝，思之不禁怅然。

二〇二一年十一月

流沙河的一篇序文

在微信朋友圈里看到朱晓剑兄发的图文，得知他购得一册旧书，袁永庆散文集《收藏岁月》，流沙河作序，序文是手稿影印的。我上孔网搜了一下，也有签赠本出售。商品详情里的配图，不仅有封面、封底、版权页、题签页，还有全部目录，尤其是影印的流沙河手书序文。因为此文未见于任何正式出版的流沙河文集，现全文照录如下：

那是二十二年前的事了。当时我在故乡县文化馆工作，女儿余蝉星期天从成都来看我，说："有个袁伯伯带我去找车，司机是熟人，不买票。"后来又收到袁永庆一封信，方知他的女儿在枣子巷中学读书，和余蝉同班，爱在一起玩。有这层关系，所以肯帮忙。

袁永庆五十年代高中毕业，成绩虽然好，却因他父亲的政历问题，受到株连，不准升大学，只好做苦工，修理汽车。他家住在西安路一条陋巷，太太有病，儿女尚稚，靠他一人供养。我回成都工作后，首先去看他。陋巷深处，树荫小屋两间，低檐窄户，是他的家。门口一大盆脏水浸泡着塑料旧鞋底，待他下班回来忙完家务以后，再去一一刷净泥垢，送到收购站去换几元钱，补贴家用，看他家中光景甚苦，只是不愿叫穷罢了。

不久，他到了《星星》诗刊兼差编稿，自己也爱写诗。诗风婉约，怀旧多有佳句。那时编辑部里晨夕相聚，暇日同游，说诗谈艺，欢笑忘忧。今思之而不可复得，仿佛一梦。

倏忽到了九十年代，世风丕变，壮志全消。他也失去诗兴，转爱散文。注目日常生活，看破世间百态，而以温言软语出之。无战斗之姿，有亲切之感，一如其为人。这类文章，无花无酒，必待多经风雨之后，读之方有味道。作为老友，我从他每一篇文章中，能从字里行间看出他的心迹，猜中他欲表而未露的深衷，倍感快活。

想起十二年前那个夏日正午，我和他以及一位亡友，三人从广场折回蜀都大道，沿途感

流沙河序

　　那是二十二年前的事了。当时我在故乡县文化馆工作，女儿余蝉星期天从成都来看我，说，"有个袁伯伯带我去找车，司机是熟人，不买票。"后来又收到袁永庆一封信，方知他的女儿在枣子巷中学读书，和余蝉同班，爱在一起玩。有这层关系，所以肯帮忙。

　　袁永庆五十年代高中毕业后，成绩虽然好，却因他父亲的政历问题，受到株连，不准升大学，只好做苦工，修理汽车。他家住在西安路一条陋巷，太太有病，儿女尚稚，靠他一人供养。我回成都工作后，首先去看他。陋巷深处，树荫小屋两间，低檐窄户，是他的家。门口一大盆脏水浸泡着塑料旧鞋底，待他下班回来忙完家务以后，再去一一刷净

《收藏岁月》序

叹,抒发愤懑,再看看今日之白头对衰颜,共惜
岁月不回,我便懂得为何本书取名《收藏岁
月》了。

公元二〇〇一年三月十二日成都

这篇序文写得真好,完全可以当作范文,供人
学习。作者从两人最初的交往说起,谈到袁永庆的
家境;从两人共事相处,谈到袁永庆由写诗到作文
的转型;最后点题,恰到好处。文章有情、有事、有
理,打成一片又井然有序,堪称当代序跋的精品
佳作。

袁永庆其人,我是第一次听说。网络检索,仅
见一条,是他去世之际朋友曾伯炎撰写的悼念文
章。与流沙河的这篇序文合而观之,大致可以知
道:袁永庆年轻时因家庭问题,没能上大学,先在
汽车运输公司做修理工,后到职工学校任代课教
师,再后来被借调到复刊不久的《星星》诗刊编辑
部,一直是兼职,晚年贫病交加,由友人协助出版
诗集《四弦一声》、散文集《收藏岁月》。

这本《收藏岁月》是二〇〇一年伊犁人民出版
社出版,四川煤田制图印刷厂印刷,"紫风铃系列
丛书"之一,用的是丛书号,印数一万册。网上只

能查到零星的几册，都是旧书网店卖的签赠本。从图片上看，装帧印制十分粗糙，像是街头电脑复印店里做的小册子。要不是有流沙河的序文，恐怕没人会注意到这本书。

流沙河是当代著名诗人、作家、学者。他的诗，在文学史上自有其地位。我曾在第一时间买过《流沙河诗集》，可当年朦胧诗风靡一时，他的诗却明白直露，没能引起我的重视。倒是他的《台湾诗人十二家》，在那个消息闭塞的年代，对我具有启蒙意义。后来他写散文随笔，喜欢谈文字、谈学问。总觉得他过于追求"奇趣"，不是我喜欢的路数。除了一首《满江红》、一篇纪念抗战胜利的演讲稿，他晚年的著作我几乎都是"随便翻翻"，没有细读过。但，他无疑是我最敬重的几位当代文人之一。

去年到成都，我舍弃参观名胜景点的机会，随人一同前往城郊流沙河的故乡金堂县，据说那里正在筹建流沙河纪念馆。只是在县文化馆开了个座谈会，没有去故居，也没有看到遗物，一行人却都觉得不虚此行。会间谈到编辑《流沙河研究》纪念专刊的计划，主事者向我约稿。我随口诺诺，其实自己心里明晓，我没有见过流沙河，也没有做过相关研究，文章是写不来的。这一回，读到他为袁永庆《收藏岁月》所作序文，而且是影印的手迹，不禁浮想联翩，一时又无从说起……

今年，正值流沙河九十周年诞辰。我一字一句地抄出这篇序文，权作纪念吧！

二〇二一年九月

第三辑

吴钧陶《药渣》读后

　　摆在我们面前这部最新出版的《药渣》，是诗人、翻译家吴钧陶尘封了整整七十年的"处女作"。所谓"药渣"，与他早年备受疾病折磨的经历有关。

　　吴钧陶出生在一个殷实的家庭，童年过着幸福的生活，可从十六岁起疾病缠身。六年多的时间，他看过二十多位医生，用过五六十种药物，针剂注射五六百次，卧床不起一千多天。在几近绝望的时候，他萌发了撰写"病情报告"的念头。用他自序里的话说，这本书是从六年多日积月累的"药渣"中整理出来的。这部纪实作品，原本是当作"在人间留下痕迹"的"遗著"来写的。幸好一种新发明的特效药，把作者从死亡的边缘拽了回来。在对父母、亲友、医生、护士表达深深的感谢之后，他写道："让我按照我国的民俗，把'药渣'倒在门外吧。"

　　把药渣倒在门口或者路上，从前人们都是这样做的。其间有各种传说，有说让路人踩踏，将疾病带走，也有说或许会遇到名医路过，如药王孙思邈、神医李时珍什么的，可从中查验病情，鉴别药物的优劣和真假。一般老百姓大概不会想那么多，无非是祛病消灾的意思。而在吴钧陶这里，除此之外，还有更进一层的诉求，那就是："假如一些分散在大地各处，曾经或正在挣扎于病痛的水深火热之中，能从我的记录里，得到一些安慰，产生一些勇气，或者触发一些面对生死的感悟，那么——我就觉得自己的纸上谈病的辛勤劳动并不完全是白费心思了。"

年轻的吴钧陶死里逃生、《药渣》定稿之际，正值天翻地覆的时代巨变。没有迹象显示，作者曾有意谋求公开出版；但在他心目中，作为历经磨难的生命见证，这部书稿理应成为"传世之作"。他不仅誊写"正本"，还由母亲、婶婶、弟弟分头抄录"副本"。可惜，十年浩劫期间，几个副本都被自行撕毁、焚毁，只有"正本"藏在床下衣箱的底层，才躲过一劫；尽管书稿前恩师撰写的精彩序文，也被撕掉了。改革开放后，翻译家草婴读过这部书稿，撰写了《勇敢者的凯歌》一文，现收入新书中作为序言。

草婴说，读了这本回忆录，"我懂得了什么叫苦难，什么叫折磨，什么叫坎坷，同时我也更深切地领会到什么是真正的坚强，什么是真正的乐观，什么是真正的毅力"。他认为，作者"唱的是生命的凯歌，是勇敢者心灵的呼声，给人带来无穷力量"。确实如此，我们生活在这个世界上，难免会遇到自然的、社会的、个体的种种灾难。一个个性格鲜活的生命，在命运的暴风雨下惨遭摧折，有的从此就消失了，有的从此一蹶不振、得过且过地苟活于世，而真正保持乐观的精神、健康的心态，不折不饶，顽强拼搏，这样的人是极其少数的。正是由于这个缘故，吴钧陶年轻时与病魔搏斗的经历，就特别给人一种激励和鼓舞的力量。

作为一部非虚构的自叙传，《药渣》一书值得关注，当然也与作者后来杰出的成就有关。早年历尽苦难的磨砺，养成坚强的意志，使吴钧陶在此后经历种种风波时，不悲观，也不灰心。正如《药渣》最后一章里说的："我会好好地活下去，好好地利用来之不易的时日，而不白白浪费。"

由于生病住院，吴钧陶初中二年级时就辍学了。之后，偶尔通过函授，主要是自学了点外语。这却成为他后来谋生立业的契机。因为翻译狄更斯的《圣诞颂歌》，他进入出版社担任编辑，同时翻译世界名著。他晚年主编的《马克·吐温全集》十九卷，比牛津权威版本收录的内容还要齐全。他翻译的《爱丽丝奇境历险记》和《爱丽丝镜中奇遇记》一版再版，据称"累计销售超过一千万册"。"文革"期间，在工厂参加劳动改造，为了不荒疏英文，他先后完成了《鲁迅诗歌选译》和《杜甫诗新译》。改革开放后，这两部译稿得以出版，反响热烈；他又组织合译了《唐诗三百首》。这几册译诗，都是汉籍外译的经典。

完成《药渣》后，吴钧陶也曾有意做一位专业作家。尽管条件不允许，他一直坚持诗歌创作。"百花齐放"时，他发表了一些诗歌，其中一首《悼亡婴》，被莫须有地指责为"背后的冷枪"，并成为被错划右派的依据。这是他平反后才听人说起、恍然大悟的。二十世纪八十年代，他的诗终于在《诗刊》上发表，诗集也入选了名噪一时的"诗人丛书"。他相继出版的诗集有《剪影》《幻影》《人影》《心影》和英汉对照的《吴钧陶短诗选》。近些年来，他还出版了散文集《留影》和《云影》。

吴钧陶年轻时"大难不死"，其实"还有后患"。此后七十年间，他仍然饱受各种病痛的折磨，终身残疾，几度濒临垂危。他"病历等身"，同时又"著译等身"，不能不让人惊叹其生命力之顽强。回头再来看他尘封了七十年的《药渣》，真是所有的苦都没有白吃，所有的罪都没有白受。传说良医察看倒在外面的药渣，便可以做出精准的诊断；而阅读这部新出的《药渣》，普通读者也能够从中领悟，为什么作者一生逆境重重，却始终可以满怀信心、坚持不懈、成果丰硕。"人必须现实地对待现实"，将苦难转化为磨炼意志的力量，诗人、翻译家吴钧陶以自身的经历，为我们树立了一个光辉的榜样。

二〇二〇年六月十九日

文章真处性情见

　　林谷先生的《钓台随笔》,作为"开卷随笔文丛"之一种,最近由湖南大学出版社出版。该书收录了作者二十世纪九十年代中期以来所写的文章,主要是读书随笔,另有少量记人记游散文和名物小品。我感兴趣的,自然是读书随笔一类。作者所谈的书与人,大多是我读过的、熟悉的,甚至有些还曾撰文谈论过。看一看别人如何来写相同的书人书事,或许也可以有所"镜鉴"吧。

　　《钓台随笔》分八辑,共收录文章五十九篇。第一辑七篇,谈孙犁;第二辑六篇,谈知堂;第三辑五篇,谈谷林和止庵;第四辑四篇,谈胡适;第五辑十四篇,谈《西谛书话》《吴宓书信集》等;第六辑六篇,谈李霁野;第七辑五篇,谈房龙、鹤见祐辅等;第八辑十二篇,系游记散文和名物小品。这种分类方式有点特别,以前似乎见过一例。好处是内容一目了然,便于读者翻检;不过,也有令人困惑之处,即先后排序理由何在。孙犁为什么在排知堂之前？胡适为什么排在止庵之后？李霁野为什么夹在中外两组读书笔记之间？作者肯定有他的用意，旁观者未免不明就里。

的确，阅读容易，理解难。许多文字，表面看上去清楚明白，其背后的深意却颇为隐晦。优秀的读书随笔，不仅在于点评字面的呈现，更在于阐发文字背后的涵义。我对《钓台随笔》的作者一无所知，对他的意图不便妄加猜测，对这本书也无意评头论足。我想说的是，浏览了这本书之后，我发现作者的读书随笔恰有如此意向，即不纠缠于文字表面，而注重探究写作背景，揭示深层意蕴。

首先引起我注意的，是《孙犁读史》一文。作者对某种"新论"不满，便作文予以反驳。他针对的是林贤治《五十年：散文与自由的一种观察》里的一段话："（孙犁）晚年提倡阅读和写作古文，文字入于艰涩一途，思想大为锉减，简直退回到故纸堆里去了。"作者认为，孙犁晚年读史，钻进故纸堆，却能跳出故纸堆，洞察古今，而且读的时机也有点特殊。他引了孙犁题写在《史记》上的"书衣文录"："今年入夏以来，国家多事，久已无心读书。近思应有以自勉，以防光阴之继续浪费。……乃念应先以有强大吸引力之著作为伴侣,方能挽此颓波,重新振作,此书乃当选矣。"由此观之,林贤治对孙犁的评论有失偏颇,自不待言。当然,林贤治的话也有其特定的语境,如何理解则又另当别论,在此不赘。

孙犁晚年的遭遇,其实不过是知堂中年遭遇的重演。本书《灯下常伴〈夜读抄〉》一文,谈到知堂《夜读抄》也是一部在特定历史背景下产生的读物。一九二七年,国内形势大变,知识分子进一步分化。知堂走上一条不同于鲁迅的道路,文章也转向枯涩苍老、古雅遒劲。一部分读者认为他愈加炉火纯青,一部分读者则认为他逃避现实、思想落伍。文中转引了知堂《闭户读书论》里两段文字:"宜趁现在不甚适宜于谈话做事的时候,关起门来努力读书,翻开故纸,与活人对照,死书变成活书,可以得道,可以养生,岂不懿欤?""我始终相信二十四史是一部好书,它很诚恳地告诉我们过去曾如此,现在是如此,将来要如此。历史所告诉我们的在表面的确只是过去,但现在与将来也就在这里面了。"作者认为,《夜读抄》就是以史为鉴,来观察现实生活并加以批判的思想结晶。

书中还有一篇《知堂草木虫鱼文之再欣赏》,

也具有类似的品鉴思路。在作者看来，知堂的草木虫鱼文绝不只是介绍一点知识趣味那么简单，而是别有深意存焉。他同样关注当时政治环境下的复杂心境与写作动机，再次转引了知堂自己的文字："现在实在无从说起，不必说到政治大事上去，即使偶然谈谈儿童或妇女身上的事情，也难保不被看出反动的痕迹……现在便姑且择定了草木虫鱼，为什么呢？第一，这是我所喜欢，第二，他们也是生物，与我们很有关系，但又到底是异类，由得我们说话。万一讲草木虫鱼还有不行的时候，那么这也不是没有办法，我们可以讲讲天气吧。"

有人主张"同情的理解"，有人主张"理解的同情"。《钓台随笔》的作者正是朝着"理解"与"同情"合一的方向努力，知人论世，以意逆志，写下了一些透彻精辟的篇章。其中某些片段寄意深远，读来感同身受，让人浮想联翩。例如《也读〈广阳杂记〉》的结尾："《广阳杂记》除了那些有助于了解那段历史的逸闻轶事，还有一些是专写作者本人的内心活动与感情世界的，由于是心灵实录，我们至今看来还会引起一丝同情与感伤。如有一次他寄寓在一座寺庙里，突逢一场'狂风怒号，雨如覆盆'的极恶天气。他静坐室内听风雨声，不禁想起故人

'死已过半',而今尚存者,也如'深秋败叶,零落萧条,天各一方,不能聚首',不禁悲从心来,于是,他当即拿起笔墨,在雨窗前将他这些新老朋友(约三百余人)的'性情学问'一一记录下来,以备来日'暇时披阅','以代把晤'。全文写得字字有情,感人肺腑。于是我想,刘献廷所写的这部《广阳杂记》绝非一时消闲之作,从其整体来看,是带有那个风雨交加的特殊年代的斑斑痕迹的。"

翁同龢有诗联云:"文章真处性情见,谈笑深时风雨来。"以上这段文情俱胜的言辞,庶几近之。

二〇一七年十二月

倚兰书屋

　　倚兰书屋在苏州城里一个叫作慧珠弄的街巷。应该是常见的住宅小区,常见的单元楼房套间,书房也许并不特别讲究,但书桌或茶几上一定放着盆兰花。书屋主人陈新先生,退休已有十余年了,自称"整日蜗居,读读闲书,无所事事"。今年四月,却由江苏凤凰教育出版社一次性推出五卷本散文——《倚兰书屋自珍集》。

　　五册袖珍小书,装在一个函套里。函套是深蓝色布面的,手写体的书名,竖排居中,直接刺绣其上。函口插入一个折叠式的硬纸护封,取出后,可见五册小书的书脊。每册在两百页左右,厚薄适中,小巧轻便。仿牛皮纸的封面,简约内敛,淡雅素净。盈掌在握,真是让人爱不释手。

　　毋庸讳言,我最初是被精致的装帧设计所吸引,可等到开卷细读,文章之不俗,又出乎意料。说来惭愧,此前从未接触过陈新先生的文字,甚至都未听说过他的大名,对其作品原本没有多大期许。然而,一册一册读下来,《倚兰人语》中的"人生履痕",《书带草》中的"草木虫鱼",《远去的小风景》中的"朝花夕拾",《鸦噪晚风》中的"读书札记",《皆是我师》中的"师友杂忆",都使我心荡神怡,感佩不已。

翻阅这几册小书,不禁想起前些年风行一时的"老生代散文",如孙犁的"劫后"十种、张中行的"负暄"三话,都是"人书俱老"的好文章。也许有人要说,陈新先生只是一名普通的退休教师,是个"小人物"。但作品的优劣,并不取决于作者的世俗身份或地位。两三百年前,同样是在苏州,有一位叫沈复的退役幕僚,当年也是一个默默无闻的"小人物"。现在看来,他留下来的《浮生六记》,与冒辟疆等名人的同类著作相比,恐怕是有过之而无不及吧。

说起《浮生六记》,陈新先生的《倚兰人语》与之应有渊源。《倚兰人语》中的"兰"与《浮生六记》中的"芸"颇为相似,同样的纯真、深情、善良。由于时代的原因,"兰"必须独自面对社会,因而比"芸"又增添了朴实与坚韧。陈新先生和"兰"相亲相爱、相依为命的经历,或许比沈复和"芸"的故事,更能引起今天读者大众的共鸣呢。

《浮生六记》记录的都是个人的日常生活,《倚兰人语》也是如此。可陈新先生的个人生活总是被各种社会运动所裹挟,叙述难免打上历史的烙印。从这个角度看,《倚兰人语》有近乎《干校六记》之处,尤其是平淡而克制的话语,哀而不伤,怨而不怒。

钱锺书《干校六记·小引》开篇说:"杨绛写完《干校六记》,把稿子给我看了一遍。我觉得她漏写了一篇,篇名不妨暂定为《运动记愧》。"《倚兰人语》里恰巧有这样一段话,可以补苴罅漏:"后来知道别人有的是造反派,有的是保皇派,还有什么天派、地派,好派、屁派,支派、踢派,'革命'得不亦乐乎!我呢?叫作'逍遥派',逍遥复逍遥了好几年,我真庆幸投靠了一个好派别!但当几十年后我写这些回忆文字的时候,我问自己:你真的'逍遥'吗?你真的以为'逍遥复逍遥'是值得庆幸的吗?说真的,还真不知道该怎么回答这个问题。我虽然没有遭到公开的批判和批斗,但内心的折磨却苦不堪言。在乡间,'大革文化命'运动是以'大破四旧'发端的,我连一本《古文观止》都不敢留下,乖乖地当作'四旧'交了上去。甚至差一点将兰母亲给她的一条印有'百子图'的丝绸被面也当作'四旧'上交。在后来的一系列既触及灵魂又触及皮肉的'运动'中,我不敢说一句不满的话,连腹诽也不敢。我没有出卖他人,但我确实出卖了自己,践踏了自己。我有什么资格说自己是'逍遥派'?!"

我几经考虑,还是整段抄下这些文字。我担心的不是篇幅过长,而是害怕读者因此忽略了作者其他题材、其他类型的作品。《倚兰书屋自珍集》里的文章,有人生的感悟,有自然的体验,有文化的传承,语言清新隽永,几乎篇篇可读。我之所以抄录这段文字,而不是其他的精彩辞章,完全是由于个人的审美偏执。在我看来,好的散文不仅要词藻优美,要妙趣横生,要情感充沛,要见解深刻,最重要的是涵养纯厚。于清晰的文字中展现出作者的心性和品格,才是散文艺术的至境。古人说"文若其人",大概也有这一层意思。

读《倚兰书屋自珍集》,我自然也会想象作者其人的风貌。《倚兰人语》一册的扉页上,贴着一枚藏书票。画面是一幅读书图,右上角题写"倚兰书屋"四个汉字。陈新先生坐在书案后的圈椅内,双手捧着打开的书册,眼镜低挂在鼻梁上,两眼微眯,若有所思。面前的案桌上,是卸下的书封。靠椅的背后,是一丛兰花,叶肥花硕。

　　什么时候去苏州,一定要去慧珠弄,去拜访倚兰书屋。什么时候呢? 最好是兰花绽放、馨香馥郁的时节吧!

二〇一五年十一月十六日

一本精美的小书

　　陈新先生的新著《针蔬小集》(古吴轩出版社二〇二一年版),是一本精美的小书。窄长的小开本,软精装,圆脊,藏青色布面,端庄雅洁,玲珑别致。版式的设计朴素大方,字体清秀,墨色均匀,疏密得当。几页彩印的插图散落书间,均为韵味十足的国画写意小品,图文互映,相得益彰。

　　集子里收录的文章,写的都是日常生活中的所见所闻,诸如蔬果饮馔、草木虫鱼、市井人物、乡土风情。此类题材虽然常见,作者却能别开生面,令人耳目一新。文中引用了不少前人笔记、近人杂著,材料丰赡,取舍精当,足以增长见识,也平添了许多趣味。述及身边琐事、往昔记忆,由于作者阅历丰富,宅心仁厚,往往于平凡中揭示出人性的光辉,给读者以温馨的感动。尤其值得称道的是,作者文笔纯净隽永,典雅不俗,毫无矫揉造作之气、装腔作势之态,读来亲切自然,如家常絮语、品茗清谈。

　　总之，《针蔬小集》是一本精美的小书，值得一读、值得把玩、值得珍藏。

　　　　　　　　　　　　二〇二二年五月二十一日

林贤治散文印象记

　　林贤治先生的写作,涉及多种文学体裁,包括诗歌、散文、传记、文学批评、思想随笔等等。各方面的成就,都十分突出。而近些年来,他的散文创作却受到特别的关注。十年前,获得首届"在场主义散文奖",曾一度引起舆论的轰动;今年,他的长篇散文《通往母亲的路》又获得"花城文学奖"。作为一位散文家,他的实绩和影响有目共睹。而从整个当代文坛来看,他的散文创作及其理论主张,又可谓旗帜鲜明,风标独具。

一

　　林贤治在其致力于散文创作的伊始,便对这一文体有着自己独特的理解。他一面将这些见解付诸实践,一面通过编辑丛刊和选集、撰写评论的方式,积极宣扬自己的思想主张,在不温不火的散文界掀起了不小的波澜。

林贤治先生

许多当年热衷散文的读者,都还记得林贤治与友人合编的《散文与人》丛刊。发刊词《论散文精神》,就是出自他的手笔。所谓"散文精神",并非一个空泛的概念,而是他有意识提倡的一种散文写作的理想境界。在他看来,一般关于散文的讨论,大多从内容或形式等方面进行,其实,精神才是带根本性的要素。因为散文是人类精神生命最直接的语言文字形式,而精神生命的质量,必然会决定散文创作的品格。尽管林贤治也认为,散文的内涵,源于个体精神的丰富性;但他特别强调,散文是精神解放的产物。这也就是说,"散文精神"意味着一种自由精神。

不久,林贤治策划编辑了多卷本《世界散文丛编》,在题为《散文与人类自由精神》的总序中,再次强调了自由精神对于散文写作的重要性。他还以此作为编选准则,进而指出,自由精神表达的形式、内容和深度,决定个人散文,乃至不同国家民族的整体散文写作的特点与成就。

后来,林贤治又与人合编中国五十年散文选集,撰写序文时,下笔不能遏止,洋洋十余万言,遂单独发表。这便是那篇名重一时的宏文《五十年:散文与自由的一种观察》。该文依然是从自由精神的视角切入，通篇的结构却别出心裁。全文以树木为喻，分为"根""干""枝叶"和"其他"等章节。"根"说的是中国当代散文的发生机制，包括作协制度、出版制度、奖励制度，还有意识形态和话语问题。"干"是中国当代散文史的分期描述。"枝叶"的部分，分别对五十年间具有代表性的散文家予以点评。"其他"则是有关散文理论的阐发，也可看作以上论点的根据。在此，林贤治自设了批评的标准，即自由感、个人性与悲剧性。他将自由感放在首位，认为文学史就是自由史，是自由精神的蒙难史和解放史，并以此为标准，去界定一般作品、优秀作品和伟大作品。与通行的文学史相对照，他的结论无疑是带颠覆性的。

此文一出，反响激烈，有人击节赞赏，也有人不以为然。在后者看来，林贤治的批评过于偏激，而且对特定时代的散文家缺乏同情的理解，许多评判都过于草率，有失公允。其实，林贤治并非要写一部态度客观、价值中立的文学史著作，而是要借此来申述自己的散文观，一种个人的文学主张。他将此文更名为《中国散文五十年》、出版单行本时，以上文提到的《论散文精神》为代序、《散文与人类自由精神》为代跋，则更好地体现了他前后一致的精神追求,以及用世界文学史和思想史作参照的宏大视野。

二

林贤治的散文理论,立意甚高;他的创作实践,也不同凡响。他最近的获奖作品《通往母亲的路》,就是一篇纪念碑式的散文杰作。这一题材较为常见,但写得好的并不多见,林贤治的文章则寄意深远。他通过对母亲的细密回忆,探索了一位普通而平凡的农村妇女的内心世界和生命历程,同时也折射了大半个世纪的中国历史。

林贤治写过一篇《如何可能写出失去母亲的哀痛》,是评论罗兰·巴特《哀痛日记》的。其中写道:"当他决心通过写作以摆脱重大危机的时候,首先,他想到的就是围绕母亲写一部书。他要写出母亲与贫困,她的奋斗,她的沮丧,她的勇气,——无疑地,这是一部无英雄姿态的英雄史诗。"这段话完全可以移过来,说明林贤治本人写作《通往母亲的路》时的抱负和追求。

其实,写一部中国乡村的史诗,一部关于沦陷、守望与流亡的悲怆交响乐,是林贤治一直以来的一个心结。他出版的第一本散文集《平民的信使》，开头几篇就可一窥端倪，尤其是其中的《哀歌》那一篇。全文用白描的手法，勾勒出堂嫂从活泼的生命到陨落的人生。这是一位典型的身陷于穷困和愚昧的农村妇女，迷信的思想与封闭的精神让她安于现状、从不反抗。最可悲的是，物质的贫乏也让她无从反抗。这类底层人物的悲剧命运，在乡村并非是孤立的现象。在《哀歌》《记仇者》《清明》等篇目中，林贤治沉痛而清楚地表达了贫穷、落后对农民的残害，以及对农人难以改观的愚昧的悲悯。

《哀歌》这个标题，使人想起何其芳《画梦录》里的同名散文。那篇文章描写的是作者的姑姑——几位乡村少女凄凉的宿命。两相对照，会发现文中呈现的现实世界以及人物的精神面貌完全不同。何其芳大概是受到阿左林的影响，明显带有田园牧歌温馨、哀婉的色彩；林贤治的字里行间则是冷灰色的，是寒冷、衰败、沉寂的大地悲歌。

在林贤治看来，乡村世界在一些文人那里被诗意化了，宁静与和谐只是幻象而已。农民的境遇，同样是经过了涂改和虚饰。特别是在现代化进程中，城市飞速发展的同时，底层大众的生活状况和精神状态令人担忧。林贤治主张诚实地书写触目惊心的乡土变迁景象，叙述农村底层人物的悲剧命运，呈现当代中国农村真实的面貌。相对于传统的乡土文学，这显然是一种颠覆性的写作，带给读者不再是美文的艺术享受，而是直面乡村未来命运的困惑与忧思。

　　故乡是林贤治文学创作的出发地。在乡村生活中对底层生活的深切体验，构建了他写作的平民立场。面对故乡的变迁，物是人非，思想闭塞，精神贫乏造成的悲剧，林贤治充满了复杂的情感。他先后编辑过《我是农民的儿子》《村庄：我们的爱与疼痛》等散文选，试图倡导一种"新乡土散文"。然而，响应者寥寥无几。当今文坛，即使一些身为农民后裔的作家，也大多脱离大地，脱离底层，脱离实际生活；又有多少愿意去感受生命中那些不堪承受的疼痛，去描绘乡村焦灼的土地、荒凉的画面、颓败的景象？幸好林贤治自己的散文创作，诸如《哀歌》《通往母亲的路》等等，为我们展示了"新乡土散文"高水准的实绩。

三

　　有评论者认为，林贤治除了乡土散文，还有一类悼亡怀人题材的散文，尚未引起广泛关注。其实，林贤治的乡土散文里，也有不少属于"悼亡怀人"一类，如《写在风暴之后》《父亲》《通向母亲的路》《哀歌》《为一个有雨的冬夜而作》都是。当然，那些哀悼中学老师、文坛前辈、早逝文友的篇章，不能归为乡村散文，也不能归为思想随笔。在林贤治的作品中，这类文字数量可观、质量上乘，许多读者应该都留有印象。但零零星星地读来，只当是通常的人情世故或生命记忆的追述，未能合而观之，将其视为纷繁时代中个体知识分子的精神群像，也就错失了对这些文章价值和意义的认知。

　　林贤治以知识分子写作享誉文坛，不仅表现为他本人的知识分子姿态，也体现在他对知识分子命运的关注。也许他那些涉及鲁迅、五四以来中国知识分子、西方以及苏联和东欧知识分子的思想随笔给读者留下的印象太深刻了，使人们忽略了他还写过一些曾经交往、或平凡或不凡的知识分子。在他们身上，林贤治付诸的感情和深层次的思考，同样属于精神史的范畴。

　　林贤治曾说："中学时代，很幸运遇到两位老师：一位是谢绍渍先生，他为我叩开文学的大门；另一位是梁永曦先生，……他教我学会思考，懂得真理的价值和风险。"《沉痛的告别》和《追忆与怀想》，就是分别悼念这两位中学老师的。文中不仅仅是启蒙的感恩，更有对他们各自人生历程的反思。两人都曾是"右派"，改革开放之后获得平反。前者紧跟形势，热衷社会活动和世俗名望，最终迷失在无谓的应酬之中。后者则日渐缄默，态度审慎，与世无争，且极少与人交流，以至于后来的同事对他的思想学问毫无了解。那个时代的知识分子，历经磨难之后，走向这样两种归宿，是极其常见的。

后来，林贤治进了省城，步入文坛，接触到的知识分子主要是同行的作家、编辑。同声相应，同气相求，林贤治的交往自然是有所选择。那些深切怀念的文字，无疑充满了惺惺相惜的共情。在《未曾消失的苇岸》中，他痛惜"中国散文界失去一位富有独创性的有为的作家"，称苇岸是"二十世纪最后一位圣徒"。在《黄河之外还有一个黄河》中，他感慨"像这样富有头脑的写作者，在中国实在太少了"。在《为陈实先生作》中，他将这位香港作家划为"理想主义的一代"，说她"承续的是西方文学和五四文学的根脉；其中透达的精神性，恰恰是当今大陆文学所缺乏的"。在《纪念何满子先生》和

《怀念耿庸先生》中,他追忆与这两位"胡风派"文人的交流,称赞前者是"一个充满道义感,爱憎极其分明的人",后者是"一个有信仰的人","他的文字都是有温度,而且有深度的,见证了作为一个知识分子作家的良知、人格、爱和神圣的仇恨"。

不难看出,诸如此类悼亡怀人之作,在寄托哀思的同时,也在宣扬一种文学理想、一种生命精神、一种知识分子的担当。而这些,与林贤治的思想主张是一以贯之的。

四

中国散文史上有"八大家""三大家"之说,有好事者曾将林贤治与另外两位作者合称为"新三家",且冠以"思想随笔"的前缀,以区别一度流行的"文化散文""学者随笔"。更有论者将他与人重新组合,封以"中国思想界的三匹野马"的称号。尽管林贤治本人从不认同这些说法,但他的写作以思想性见长,是毋庸置疑的。至于"随笔"与"散文"的概念,本来就界限模糊。《散文与人》停刊以后,林贤治又与友人合编《人文随笔》丛刊。可见,两者在他心目中至少有许多重叠的部分。

按惯例,散文有广义和狭义之别。所谓狭义的散文,是指艺术性较强的文学散文。随笔属于广义散文,没有问题;随笔中艺术性较强的,视之为文学散文也应该没有问题。林贤治自己便有过类似的考量。《孤独的异邦人》一书的后记里写道:"选入的文字大体分属两类:一面是故乡,一面是异地;一面是现实生活,一面是书本世界;一面是记忆,一面是乌托邦,想象中的未来。"在另一处说得更明白:"继续散文写作。其中,一部分属于乡土题材,感叹于村民的贫穷、落后、愚昧,以村庄在都市化过程中沦陷的情形。另一部分多是有关西方知识分子的素描,可以说,这是阅读中的即兴创作,写作中深为西方的人文精神所激荡。"如此看来,林贤治阅读异域知识分子的传记和相关专著后,随手写下的印象和感受,可以视为思想随笔,而其中一部分,也可以当作文学散文来阅读。

的确,林贤治这类文章中,有不少具有较高的艺术性。与他那些谈论中国知识分子时直抒胸臆的思想随笔不同,这些文章往往充满文学色彩,大量使用意象、隐喻和象征的手法。这一点,从许多标题上就不难发现,如《向晚的玫瑰云》《墓地的红草莓》《穿粗布衫的与穿燕尾服的终究要分手》《穿过黑暗的那一道幽光》《同在寒星下》《火与废墟》,

等等。

　　在写这一类关于异域知识分子的阅读札记时，林贤治采用形象化的诗性语言，给读者留下联想和想象的余味。他的第一本散文集《平民的信使》，书名取自集内一篇同名文章。该文是写俄国批评家别林斯基的。文中说他是一个县城医生之子，没有完成大学教育，由于执拗的自由的渴望，变得灼热而不羁；与其说是批评家，毋宁说是批评诗人，是平民意识的传播者，是不屈服的战士。这显然不仅仅是对一位外国历史人物的评论，而暗含着某种身份巧合和言外之意。"平民的信使"，不正是林贤治的自我期许吗？

　　林贤治曾经明确表示："我的文章也可以说是一种隐喻，扩大一点的隐喻。"他的异域题材作品中，确实有一些符合这一特征。自由的意识、批判的精神、象征的形式，在其间融为一体。所以，读他笔下的一些"海外奇谭"，如《一个女人和一个时代》《在奈保尔与萨义德之间》《法国知识社会中的一场战争》《火与废墟》《泰坦尼克号，冰山，相遇的戏剧》，都会有一种心领神会的现实感、身临其境的在场感。他获得首届"在场主义散文奖"，从语词意涵的角度看，也算是实至名归。

五

林贤治的散文创作,始终体现着对自由精神的关注。因为聚焦于自由精神,他的新乡土散文,直面底层的困境,感慨农村的沦陷,悲天悯人;因为聚焦于自由精神,他将追忆师友这种普通的题材,提升到弘扬知识分子情怀的境界;因为聚焦于自由精神,他将异域作为镜像,寄托一种理想和追求,借外喻中,在文体创新方面也颇有开拓。这些,都可以说是林贤治为中国当代散文发展所做的贡献。

当然,林贤治散文创作的成果,还不止于此。比如,上文就没有提到他的那些思絮体的短章《自由与恐惧》《看灵魂》《散步》《水与火(二章)》,也没有提到散文诗《小屋》《油灯》《读画(三章)》。这些作品或入选大中学课本,或被用于制作语文阅读理解试题,在众多读者中广为传诵,无需再做介绍。

此外,林贤治散文的语言形式,与其散文的精神表达可谓相得益彰。他追求一种诗性书写,推敲字词,修辞丰富,色彩浓郁,意象醒目。他言辞激烈,情思跌宕,句式长短交错,起落有致,读来一气呵成,酣畅淋漓。特别是在文体方面,他抛弃了逻辑的束缚,拒绝整齐的规制,采用发散性的思维,碎片式的段落，在札记、格言、絮语之间随机转换，游牧式的出没、聚散，近乎理想中的自由写作。他在散文形式方面的这些突破性成就，有待深入探讨，需要另写文章来评介了。

二〇一九年十一月二十三日

中外文学中的植物书写

那还是一年前,接到林贤治先生的电话,说是花城出版社正在策划一套专写"花草树木"的随笔丛书,问我有没有写这类文章的朋友可以推荐。我不擅长交际,朋友很少,问了几位,不是没写过,就是写过而篇幅不够出一本书。如实汇报时,随口说道:当下国内作者这类作品看得不多,倒是读过一些翻译作品,觉得别有一番境界。没想到林贤治先生当即拍板,命我编一册《外国名家植物小品》。

随着查阅资料的进展,渐渐发现情况与预想的大相径庭。原先印象甚佳的那些译作都是专书,整体可观,节选后不成片段。而那些原作者又都是专家,言之凿凿,却并不注重文字章法。斟酌再三,不得不忍痛割爱,最终还是回到文学的老路上来。好在近年来所谓"生态文学"方兴未艾,英国乡村散文、美国自然文学等都搭上顺风车,多有译介。中外文学中植物书写的差异,依稀可辨。

其实,中国古代植物书写也有博物学的悠久传统，不仅农书、医书之类汗牛充栋，经书、类书（如《尔雅》等）中也存有大量相关文字。而《南方草木状》《群芳谱》《花镜》《植物名实图考》之类的专书，更是兼具现代科普和园艺书写的特征。可惜的是，正统的主流文学未能遵循"多识于草木鸟兽之名"的教诲，而是偏好"比兴"之法，留下大量"托物言志""借景抒情"的篇什。作为描写对象的植物，仅仅被当作服务于主题的修辞，自身并不具备独立的价值和意义。

许多外国文学家的笔下，同样有着类似的倾向。这是由于文学本身的共通特性所决定，古今中外，大同小异？还是外国文学中此类作品属于少数，只是我们的翻译家受到自身文学传统的制约，无意中做了选择性的译介？我见识有限，无法解释这一现象，盼博学之士能够给予点拨。

鉴于选本转向文学一边，侧重名家名篇，兼顾国家与民族特色，各种类型和风格的作品都选了一些。如此一来，选择的标准比较持中，背离了当初另辟蹊径的想法。不过，能给读者提供一个多元共存的读本，也算是失之东隅，收之桑榆。

思考中外文学中植物书写的异同，自然会联系到中国现代作家作品。中国现代作家既受古代影响,也受外国影响,而他们的作品又影响了当下的写作。如果能编选一册现代作家的植物小品,呈现中国现代文学植物书写的范式和流变,无论对于普通读者,还是对于当下的写作者,都是不无裨益的。当我把这一想法禀告林贤治先生时,又立刻得到认可,获准再编一册《现代名家植物小品》。这真是好事成双。

中国现代作家笔下,"托物言志""借景抒情"的作品比比皆是。这一回,我决定不再秉承中庸的态度,尽量舍弃那些虚文滥调,专注于纯粹的植物书写。选文偏重知识性和经验性,先"物理"而后"人情"。我推崇的这种范式,或许算不上现代文学写作的主流,但理应是植物书写的正道。也正是因此,除了文学家之外,这个选本还收录了个别园艺和科普作家的文章,希望能以此矫正一下文学界的空疏之风。

一年以前,绝对想不到自己会编这样两册植物小品选。林贤治先生的信任,以及在其他方面给我的启迪和帮助,实在无以回报。但愿这两册小书能够赢得读者的喜爱,让我不负所望,那将是皆大欢喜了。

二〇二〇年四月十日

怀念朦胧诗

小时候,我没有背过唐诗宋词,尽管父母都是中学老师,但那时情况特殊。到了"志于学"的年龄,赶上改革开放;首先进入阅读视野的,便是朦胧诗。

所谓朦胧诗,或朦胧派,最初是一个贬义词;就像法国画坛的印象派、野兽派,原来不过是嘲讽者的戏言。当年,期刊杂志上发表的朦胧诗并不多,争论的文章却不少。仅《福建文学》上,先后就有数十篇,还汇编成一本内部资料《新诗创作问题讨论集》。书后附有舒婷的《心歌集》,收录了她四十多首诗。我邮购了一册,反复诵读,至今尚能背出其中的一些诗句。

从那些争论文章中,我得知朦胧派的另一位核心诗人北岛。他创办《今天》杂志,在创刊号上发表舒婷的《致橡树》和他自己的《回答》。这两首诗,随后都被《诗刊》转载,成为朦胧诗的代表作。

《新诗创作问题讨论集》封面

还有一位朦胧派代表人物,即早慧的天才诗人顾城。他的一些小诗传诵一时,有"童话诗人"之称。几年后,有人编辑出版了一部《朦胧诗选》,收录的诗人比较多,也有点乱。另一部《五人诗选》,似乎更为经典。北岛、舒婷、顾城、江河、杨炼,这五位才是正宗的朦胧派诗人。那些年,如果碰到他们出版的诗集,我都会毫不犹豫地买下。

我的阅读兴趣有过几次大的变化,又搬了几次家,旧书几经淘汰,保留下来的数量有限。这回"宅家抗疫",得空检点一番,发现书橱里诗集很少。大约是随着年龄的增长,热情渐减,不读诗已有好多年了。欣慰的是,五位朦胧派诗人当初出版的个人专集(不含合集和选集)都还幸存。我上网查了一下他们的创作年表,二十世纪八十年代,正式出版的也就这么几册。而今,他们都是文学史上的经典作家,早年出版一部诗集却也非易事。我这里的几册,都是初版(只有两册是一版二印)。目前有人要想收齐,得费些功夫和银两了。

这些诗集分别是:舒婷的《双桅船》(上海文艺出版社,一九八二年版)、《会唱歌的鸢尾花》(四川文艺出版社,一九八六年版),顾城的《黑眼睛》(人民文学出版社,一九八六年版),北岛的《北岛诗选》(新世纪出版社,一九八六年版),江河的《从这里开始》(花城出版社,一九八六年版)、《太阳和他的反光》(人民文学出版社,一九八七年版),杨炼的《荒魂》(上海文艺出版社,一九八六年版)、《黄》(人民文学出版社,一九八九年版)。

翻阅这些小册子,仿佛又回到青春的岁月。那时痴迷于读诗、写诗;人生就像一首迷人的朦胧诗,没有清晰而具体的规划,却充满了梦想和希望。那个时代也是一个朝气蓬勃的时代,大家都觉得只要跟上改革开放的步伐,一定会有辉煌的前程。那时,物质生活相当清贫,精神生活却十分富足。那时,客观条件较差,可总是信心满满;当前"疫情"影响,则不免忧心忡忡。抚今思昔,恍若隔世。

一个人价值观和审美观的形成,与其年轻时接触的文艺作品、喜欢读的书密切相关。重读这些朦胧诗,使我对此有了切身的感受。想一想个人的诗歌趣味,不觉莞尔。我读唐诗,偏好李贺、李商隐,而不是李白、杜甫、白居易;读宋词,偏好姜夔、吴文英,而不是苏轼、柳永,或李清照、辛弃疾;读外国诗,偏好象征主义、意象主义和超现实主义,而不是浪漫主义。这些,原来都是由于早年喜欢朦胧诗的缘故。

　　我与这几位朦胧派诗人素昧平生，然而在我心里，一直把他们当作"青春时代的好友"。读旧书如遇故人。故人消息近如何呢？北岛在海外转了一圈，最后定居香港。江河消隐在纽约的茫茫人海里，基本上算是失联。舒婷在厦门，应该已经退休，而且很久不写诗了。杨炼旅居英国，目前仍活跃于国际诗坛，但其创作早超越了朦胧诗的范畴。顾城在新西兰的惨剧，或许是朦胧派最后一次举世关注的事件。想到这些，心情一片惘然。正如知堂所言："仿佛大观园末期，贾母死后，一班女人都风流云散了的样子。"

　　"封闭隔离"期间，宅在家里翻翻旧书，本是企求平息焦虑的情绪，未料依然是浮想联翩、心潮起伏。但愿"疫情"很快会被控制，不久可以正常上班，一切照旧。不过，那时再想起当下"往事回思如细雨，旧书重读似春潮"的日子，又会觉得足以珍惜了吧。

　　　　　　　　　　二〇二〇年四月二十三日

今夕复何夕

　　成都朱晓剑兄将我拉进读书民刊年会的微信群,上海陈克希先生发给我一篇不相干的公众号推文,两者先后相隔不过一分钟左右。前者的意思很明确,是要我参加这一届年会;后者不知何意,是告知已经看到我入群了,还是手误发错了?我当时正有事,打算待会儿再回复,结果一耽搁就忘了。

　　后来,我收到年会正式的邀请,到了成都,方才得知克希先生是由一位外地书友陪同而来的。原来他近年视力下降,看不清候机大厅的班次牌,旅行颇为不便。如果我即时与之联系,知道这一情况,大概也会绕道上海,与他结伴同行的。回想起来,真是失礼了。

　　我和克希先生相识,最初正是在读书民刊年会上。那是十八年前,南京的首届年会。我因为一篇稿件与董宁文兄通电话,他说,过几天有个座谈

陈克希先生（右）

会，如果感兴趣，可以来坐坐。我于当天早晨赶到，和部分代表一起逛了朝天宫，然后再到凤凰台饭店会场。我是临时加入的，又不代表任何民刊，只是坐在一边旁听。尽管也曾拿着话筒说了几句，会议记录员大概不知我姓甚名谁，忽略不计了。不过，我说完话，有两人悄悄过来递交名片：一位是《文汇读书周报》的编辑顾军；一位便是克希先生。他还送我一册他编的《博古》杂志。

那时候，除了《开卷》，我尚未接触过其他民刊，对《博古》也没有特别关注。没想到不久收到克希先生的来信，向我约稿，随信还寄来一张我在会上发言的照片。这封信还在，照片不知夹到哪里去了。我翻箱倒柜也没有找到，但找出了一张我们的合影。

合影上的背景很清晰，是在第三届读书民刊年会的现场。当年，我正在北京访学，得知年会在朝阳区文化馆召开，便前去见了几位熟人。当然，也遇见不少久闻大名者的面孔。会场人很多，开幕式还没结束，我就匆匆离开了。克希先生见到我，非常高兴，忙着向身边的人介绍，并拉我合影。这张照片，也是他后来寄给我的。

在第一届年会与第三届年会之间，我向《博

古》投过稿，发表在二〇〇五年第一期上，样刊我至今还保存着。克希先生的《旧书鬼闲话》出版，给我寄了一部，是毛边编号本。我写了一篇书评，投给《藏书报》。编辑来电话，说克希先生的一位老友也寄去一篇书评，报纸只能发一篇，去问克希先生的意见，他毫不迟疑地决定，就用我的那一篇。编辑说，他还没看稿子，根本不知道写的什么，竟然如此信任，真是难得。我听了，也颇受感染。此后，他的"旧书鬼系列"陆续出版，我都写过书评，记得一篇发表在《新京报·书评周刊》上，一篇发表在《中华读书报》上。

第三届之后的十五年间，我一次年会都没有参加。《开卷》组织的活动或集会，倒是去过几次，好像每次都能遇到克希先生。他一如既往地诚恳、热情，给我介绍这位、介绍那位。这一回，成都的第十八届年会上依然如此。头一天会前早餐，看见宁文兄坐在窗边一张桌前，我便过去打招呼。桌子对面有一人抬起头来看了看我，我觉得有些眼熟。回到自己的座位，克希先生刚好也坐了过来。顺便一问，原来那人是龚明德先生。克希先生说，你们此前不认识啊，来，给你们引见一下。说着，拉起我就走。

克希先生比我年长十余岁，但他从不摆长者的架子，每次见面，都是热忱相待。记得有一年，我因公事在上海住了几天。其间有半天自由活动，在福州路上闲逛，想起克希先生。拨通手机，他就在路边古籍书店五楼的办公室里。等我上楼，他已经沏好了工夫茶。我们一边喝茶，一边闲聊。他说了许多古旧书业的逸闻趣事，让我大开眼界。

克希先生非常老派，礼数特别周到，尤其对年轻人，更是提携有加。我有一位年轻的朋友，研究某个近代历史人物，史料不太好找，我让他去请教克希先生。克希先生毫无保留地提供线索，解答了他的疑难困惑。我为此表示感谢时，克希先生却连连夸奖年轻人好学深思，有前途。这次会议上，我也听到他在发言中盛赞一位来自天津的青年代表。他说，青年书友是读书民刊年会的新生力量，是未来的希望。

克希先生是上海古旧书刊首席标价师，一直服务于古旧书业。早年来买旧书刊的，大多不是以收藏为目的，至于拍卖之类，恐怕想都不曾想到。那时，人们主要是为了搜集原始资料。克希先生为许多学者、作家提供过咨询。他写过一篇《给巴金"打工"》，就是他当年日常工作的真实写照。龚明德先生从事新文学版本校勘,克希先生也给他提供过一些帮助。

这次会议期间,主办方设计了一个"书荟"环节,约了成都当地十多家旧书店前来集中展销。克希先生站在一个书摊前翻阅,我凑过去,问他看到什么好东西。他从一叠旧书中抽出两册,说这两本的价值挺高;然后对摊主说:你的开价有问题。这两本中的任何一本,市面上的价格都要高过这一叠书的标价。你不懂,我不能欺负你。要是让别的内行人看到,一定不动声色地买走了。收起来吧,查一查现在的行情再来卖。我在一边打趣说:这还有必要查吗?起拍价不都是你定的吗?摊主一脸茫然。克希先生笑了笑,转身去了下一个摊位。有位与会的书友在旁边看到这一幕,抓拍了两张照片。照片中,克希先生正跟我说那些书,还用手比画着,颇为传神。

三天的会议,与克希先生单独在一起的时间并不多,但总是能看到他的身影,听到他的声音。他在哪里,哪里就显现一派和谐、融洽的气氛。他不是会议的主角,也没有多少在台面上展现风采的机会,但这次会议,给我留下最深刻的印象,就是他与人相谈甚欢的情形。

临别之际，方才想起他归途是否需要陪伴。原先同来的书友预定的是另一架航班，不能同行；改由晓剑兄护送他登机。到了上海，下飞机一个人没有问题。晓剑兄是个厚道人，有他相送，自然不用担心。于是，寒暄一番，握手告别。

克希先生到家后，随即在微信群里发了一条语音，说这次到成都参加第十八届年会，见到许多老朋友，结识许多新朋友，十分开心。他向会议的主办方和接待人员表示感谢，向照顾他的朋友表示感谢。最后他期待，明年的杭州年会上再见。

现在的通讯技术和交通设施尤其便捷，无论在网络上还是在现实中，见面极其容易，不像古代，把离别看得那么重要。但现代人整日忙忙碌碌，不像古人那么悠闲。趣味相投的老友，其实也难得相聚。就说杭州吧，距离很近，可明年的会议我能否参加，很难说，不知道届时会有什么安排与之冲突。上海也不远，而且经常去，可总是不得空闲专程去拜访克希先生。在手机上聆听他那平缓而浑厚的语音，不知怎么的，我想起了杜甫的《赠卫八处士》："人生不相见，动如参与商。今夕复何夕，共此灯烛光……"

二〇二一年三月

纸质书不死的理由

电子书的出现，极大地改变着人们的阅读习惯。以往，书籍的形式虽然也存在新旧更替，但都是实体书，没有本质的差别；电子书却是虚拟的，可以无限复制、随意改动，而且传输快捷、使用方便。随着电脑、电子阅读器以及手机的普及，电子书被广泛阅读，大有取代纸质书的趋势。传统的纸质书是否会因此走向消亡？忧心忡忡的预言和哀叹之声，一时间不绝于耳。然而，许多年过去了，纸质书似乎并没有受到多大的冲击，每年的出版和销售数量仍在持续增长，而且装帧设计越来越讲究。电子读物流行的时代，人们为什么还需要纸质书？纸质书的优势何在？大卫·皮尔森的《大英图书馆书籍史话》一书，试图对此给出合理的阐释。

这本书的原名，直译是"书为历史"，还有一个副题"超越文本的书"，全书各章节的内容便是由此渐次展开。作者在中译本前言里更加明确地指出："我写这本书的一个目的是要让人们认识到书籍不仅是页面上的文字，它们还曾经被拥有、被阅读、被收藏、被代代相传，每一本书都有它独特的历史。"

认为"书籍不仅是页面上的文字"，而具有"超越文本"的意义，这一观点将改变我们评判一本书的标准。很久以来，书籍之所以受到尊重，恰恰是因为它承载的文本以及其中蕴含的知识和思想。所谓"读书"，通常就是指阅读书本上的文字，书籍不过是文本的载体。然而，书籍存在的理由，如果纯粹在于文本的承载和传播，那么，它的消亡在所难免。因为电子书完全具备这些功能，完全可以取代纸质书。正是在这一背景下，皮尔森强调书籍"超越文本"的实体特征。在他看来，作为文本的书籍可以有各种替代品，但作为实物的书籍则不可能被替代。

将书籍视为实物，为我们重新认识纸质书的价值提供了一个新的视角。纸质书是实体的，电子书是虚拟的，形式上和效果上都截然不同。纸质书不仅关系到文字、插图，还关系到印刷、装帧等物质生产形式。皮尔森认为，读者对文本的阅读，不可能是完全客观的。书籍实体的形状和格式，会以某种微妙的方式影响读者的阅读。打开一本制作精美的书，其样式和设计，就会让读者对此书的内容有一种先入为主的期待。这种感觉，不同于打开一本制作简陋便宜的书。

一本制作精美的书，往往被视为一件艺术品。它需要制作者将创造力运用于构成一本书的所有元素上，做到文本、图像、排版、设计各方面的完美统一。历来杰出的书籍装帧设计师，毫无例外都是艺术家。当今国内的出版界，也十分重视书籍的装帧设计。人们普遍认识到，引人注目、充满趣味、奇妙无比的装帧设计能够强化品牌、吸引读者、促进销售。有的出版社还采用全新的或复古的装帧设计，来重印经典名著。"艺术家手制书"这样的实验性作品，间或也有面市。各种"最美的书"的年度评比，如"中国最美的书""海峡两岸最美的书""世界最美的书"等等，更是备受业界和广大读者的关注。

当然，一般读者平日接触的常见出版物，大多是普通的纸质书。尽管这些书籍的制作越来越精致，可绝大多数达不到艺术品的级别。皮尔森在书籍的艺术价值之外，又特别强调它的历史价值，可谓别具慧眼。"书为历史"，可以理解为"书籍作为历史"，也可以理解为"书籍成为历史"。这样说，听上去似乎有些悲观，但这里"历史"的含义是积极的。它并非"古旧"或"过时"的代名词，而是意在凸显书籍作为历史文物的独特价值。而当书籍成为人类历史遗产的一部分，它也应该像其他文化遗产一样得到保护。

如果说书籍的艺术价值由制作者所赋予，它的历史文物价值则由拥有者所赋予。在皮尔森眼中，一本曾经被人拥有过的书，比一本全新的书更迷人。谁在书上标记过、眉批过、涂鸦过，是否留有收藏者的印记，甚至是否被人损坏过，都是人与书之间发生过的那段关系的见证，是关于这本书的历史记录。皮尔森认为，对每本书来说，拥有者留下的痕迹会让它独一无二，具有其他任何替代物都无法复制的特征；也就是说，"每一本书都有它独特的历史"。

皮尔森不仅重视书籍上各种各样的历史证据，还鼓励读者参与到历史的创造中，在书籍上留下自己的痕迹。他在第七章"未来的价值"的结尾写道："各位读者，请把你们的想法写在这本书（当然这本书得是你的）的扉页和空白处，以你们的眉批和题记，把这本书变得独一无二。"也许，许多读者都不敢去尝试,除了害怕破坏页面的整洁,主要是担心自己不是名人,批语毫无价值。而一些藏家也倾向于收集干净的版本,或有名人题跋、批注的版本。其实,在皮尔森心目中,没有什么名人和非名人的区别。每个人都是独一无二的,每本书都是独一无二的,独一无二本身就是价值之所在。这也和他撰写此书的目的是相通的,即意在挑战传统的狭隘观念,启发人们以一种更广阔的视野来看待书籍。

皮尔森一再鼓励人们对书籍多层面的认知。他将书籍视为超越文本之外的触手可及的实物、赏心悦目的艺术品、独一无二的历史见证,并在书中反复重申这一主题,无疑是要回应人们关于"书,还会有未来吗"的困惑。如果我们循着皮尔森的思路,换一种眼光来看"书",在电子传媒盛行的年代,纸质书不死的理由显而易见。

二○二○年三月六日

关于毛边书的自述

　　我拥有的第一本毛边书,是岳麓书社出版的《我的书房》。那是十年前,也是暑假期间,我到黄山脚下的几个县城去给函授班上课,随手带上这本书,空闲时翻翻。同行者见了,说从来不知道还有这种样式的书。回来后,正好见到一册《唐弢藏书》,彩色的书影集,图像非常清晰,其中可见有许多都是毛边本,便写了一篇《细察书影说毛边》,发表在《文汇读书周报》上。这篇文章,后来还被收录在沈文冲先生的《毛边书情调》里。从此,我也就算加入了"毛边党"的行列。

　　其实,关于毛边书,我了解得不多,甚至谈不上特别嗜好。但有朋友以为是"同道中人",常以毛边书相送,我当然乐意接受。毕竟,毛边的比不毛边的珍贵,况且情义无价。多年积累下来,获赠的毛边书已有不少。日前,收到沈文冲先生寄赠的大著《中国毛边书史话》及毛边书专刊《参差》各一册，又勾起我的兴致，在书房里检点一番，引起诸多回忆，所谓往事历历在目。

师友赠送的毛边书，以后或有机会专文记述，这里想先交待一下自己出书中的毛边本。因为一些具体的细节，自己不说，旁人恐怕无从知晓。

鲁迅先生不仅首创"毛边党"一词，还对人说"我的译著，必须坚持毛边到底"，大有"将革命进行到底"的气势。他是文坛领袖，做到这一点并不难。我辈小人物，哪有如此能量。尽管有追慕之心，有意弄点毛边，但受限于出版体制，只可量力而为。好在有贵人相助，我近年出版的几种编著，也都做了毛边本。

其一，《花开花落：历史边缘的知识女性》，广西师范大学出版社二〇一〇年六月版。这本书出版之前，我看到布衣书局网站有毛边本出售，其中两种也是广西师大社版的书。我觉得好玩，让出版社做了一百册毛边本，并按网上的联系方式与布衣联系，他们也答应代销。此书面市一段时间，没有毛边本的声息。一问方知，是我没有协调好。在本市万卷书屋偶尔提及此事，老板立刻说："把汇款地址给我，书我都要了。"于是，这一百册毛边本都由万卷书屋编号，在其孔夫子网店和实体店销售。

我看到毛边本，觉得还不错，又买回十余册送人。

其二，《随遇而读》，金城出版社二〇一三年三月版。这是一种阅读类的小书，很适合做毛边，所以我也向出版方预订一百册毛边本。但到发货时，编辑告知出了问题，我预订的没有做，只有五十册毛边本，是出版方自己留的。我只好退而求其次，请他们将这五十册寄给万卷书屋。谁知信息传递过程中又出了错。万卷书屋网店的广告称，此书有毛边本一百册，出版社留五十册，作者留十册，其余四十册由万卷书屋销售。其实，说此书仅有毛边本五十册，促销效果会更好。出版方网店的广告则称，同一系列四种书各有五十册毛边本。结果，读者去购毛边本，只有其他三种，我的这一种早就全部寄往万卷书屋了。

其三，《读书抽茧录》，上海辞书出版社二〇一三年六月版。此书收在"开卷书坊"第二辑。前次的经验告诉我，丛书有统一的规划，单独做毛边书会很费事。所以，事先我没有提出任何要求。等书出版了，得知有毛边本在网上销售。我去查看了一下，是整套丛书一起出售的，随即作罢。因此，此书的毛边本，我至今没有见到实物，做了多少册也不知道。

其四,《塞万提斯的未婚妻》,生活·读书·新知三联书店二〇一三年八月版。这是我编的一册戴望舒译文集,印得非常精美。责编是好友,知道我关注毛边书,还送过我几种珍稀的毛边书。当我提出做毛边本时,他也很积极。考虑到毛边本的数量不宜太多,商定只做一百册,他留三十册,给我七十册。这回是本市人文书店先给出版社汇款,购下了这七十册毛边本,我再从中购回二十册。人文书店没有网店,五十册毛边本都由实体店卖给本地读者了。

我自留的毛边本,现存只有《花开花落》和《塞万提斯的未婚妻》各两三册。获赠《中国毛边书史话》后,快读一过,发现其中提及毛边本《花开花落》,真是万分荣幸。想来沈先生已有此书,我便选了一册毛边本《塞万提斯的未婚妻》挂号寄去。不知这册毛边本是否"正宗规范"? 是否能入"中国毛边书研究第一人"的法眼?

二〇一六年一月二十三日

毛边书"编年录"补遗

上次为《参差》杂志撰写"关于毛边书的自述"一文,其中有一句:"师友赠送的毛边书,以后或有机会专文记述。"这回沈文冲先生即以此为题,命作续篇。原本是虚晃一枪,没想给自己下了套,怨不得别人"请君入瓮"。时值酷暑难耐,心绪不宁,找出几册毛边书,把玩一番,权当消遣吧。

我获赠毛边书,始于二〇〇五年。此前,只是在图书馆特藏部见过一些民国老版本。因为读鲁迅,读书话类的书,知道有这么一种特别的装帧样式;查阅资料时,在书架上不期而遇,便忍不住抽取出来看一眼。像周作人《雨天的书》《泽泻集》《谈虎集》《看云集》,章衣萍《古庙集》《窗下随笔》,川岛《月夜》,徐志摩《落叶》,等等,我都仔细端详过。三边毛茸茸的模样,至今记忆犹新。没想到,近一二十年,毛边书又逐渐升温,其势头直追民国全盛时期。我生性不擅交际,朋友不多,十余年间获赠的毛边书竟也有三五十种。

这些毛边书，无论是有签名的还是没有签名的，对我而言，都是情谊的见证。可在别人看来，或许不够珍稀。尤其是核对沈文冲先生编写的"毛边书编年录"，大多有明确的记载。这让我既高兴又失望。高兴的是，我的这些藏品是见诸"著录"的；失望的是，沈先生已经说过，我再说就是多余。

沈先生《中国毛边书史话》一书的下辑，即《中国百年毛边书书人、书事、书录编年录》，较之《毛边书情调》一书中的《中国百年毛边书刊知见录》、《百年毛边书刊鉴藏录》一书中的《中国百年毛边书刊版本知见书目》，资料更为丰富、详尽。对于毛边书的收藏者和研究者，这个"编年录"完全可以类比《书目答问》。一卷在手，全局了然于胸。沈先生功德无量，自不待言。

然而，"编年录"尽管完备，也有不可避免的局限。例如，其截止日期为二〇一二年底，此后毛边本新书层出不穷，均未及收录。当然，这个问题不用担心。相信沈先生会随时续补，并在适当的时候刊布新编。可一个人的视野和精力毕竟有限，加上出版信息不够畅通，总会有一些漏网之鱼。这就需要毛边书爱好者们提供线索，拾遗补阙。我想，《参差》杂志就是这样一个开放的平台，大家可以展示稀有的藏品，交流各自的心得。

话说到这儿，才切入本文正题。我这里能写的，只是列出几种"编年录"中未录的毛边书，请沈先生及诸位掌眼。

《唐弢藏书》，于润琦编，北京出版社二〇〇五年一月版，十六开顶齐底毛书口毛胶脊平装毛边本。此书为唐弢藏书精品的书影集。这样的题材做成毛边本，真是内容与形式相得益彰。我的这册毛边书，系供职于三联书店的资深出版人曾诚所赠。当年，我购得《唐弢藏书》通行本，写了一则书话，谈及其中的毛书影。不久，我去北京访学，与曾诚相见。他在报上读过小文，也像有些朋友一样，误以为我是"毛边党"，遂取出此书相赠。据说，此毛边本为该书策划姜寻特制，册数不详。大概是私下送给书友的，市面未见，网上的旧书店也未见流通。

《开卷闲话三编》，子聪著，湖南教育出版社二〇〇七年四月版，小三十二开顶齐底毛书口毛胶脊平装毛边本。《开卷》执行主编董宁文（子聪）编撰的《开卷闲话》，迄今已出到"十编"了吧。这个系列是《开卷》杂志的"起居注",也是当下读书界的"编年纪事本末",深受书友喜爱。沈先生纪录的毛边书有"二编"和"四编"等,却未记"三编"。不知是一时疏漏,还是未曾见过?我的这册毛边书,系著者题签本。值得一提的是,作为"开卷文丛第三辑"的一种,该书通行本定价十四元三角,而毛边本的版权页上定价八十元。由此可见,这一种毛边书不仅是拼版特制,而且是改版特印的。

《厦门集》,谢泳著,知识出版社二〇一〇年六月版,小十六开顶毛切底书口毛胶脊平装毛边本。谢泳以专科学历直接被聘为厦门大学教授,是当年文化界的一大新闻。此书是他到厦门后所著的第一本文集。我的这册毛边书,系著者题签本。著者前一年出版的《靠不住的历史:杂书过眼录二集》,我也有毛边题签本。那种毛边书,"编年录"里有记载。那是沈先生在一次小型古旧书竞买会上,以百元从贺雄飞手上买下的。

《都门四记》,于非闇著、赵国忠编,山东画报出版社二〇一二年十月版,三十二开顶齐底毛书口毛胶脊平装毛边本。于非闇,原名于照,字非闇,号非庵,别署非厂,现代著名画家,也是当年北平的一位名记者,曾于报刊连载市井风俗笔记,结集

毛边本《都门四记》封面

的有《都门钓鱼记》《都门艺兰记》《都门豢鸽记》，均绝版多年。《都门四记》汇编此三记之外，又从旧报刊辑得未刊登完毕的《都门蟋蟀记》及《都门钓鱼记补记》数篇。我的这册毛边书，系编者题签本。编者赵国忠是北京的一位民间学者，其对现代文坛的熟悉程度和版本辑佚的学术功力，为绝大多数专业研究者望尘莫及。他的著述不多，在读书界的名声好像也不大；可就写作水平而言，他算得上当今最优秀的书话作家之一。

…………

以上数种，均出版于"毛边书编年录"截止时间之前。其后问世的毛边书，我手头尚有些值得一说。但不知沈先生可曾"知见"？只有等读到"编年录"的新篇，再看是否还能做一点补遗了。

二〇一六年十月二十三日

花开花落自有时

　　《温州读书报》即将编发总第三百期，卢礼阳先生约我写一篇短文，给"我的第一本书"专栏补白。

　　说来惭愧，我尝试写点读书随笔，起步很晚，出书的时间更晚。我独立署名的第一本书，是二〇一〇年广西师范大学出版社出版的《花开花落：历史边缘的知识女性》。这是一册专题文集，主体是《书屋》杂志上发表的一组系列，另外添加了几篇内容相近的文章。

　　因为第一次出书，有意迎合市场，篇目标题做了统一修订，弄得很八卦，以至于遭到许多读者的误解。其实，书里都是一些取材严谨、态度客观的人物传论。第一篇写黄媛介，与陈寅恪《柳如是别传》有关；第二篇写顾太清，与孟森《心史丛刊》有关。如此安排，旨在暗示本书写作体例的历史渊源。

除了借鉴史料学的方法,我格外欣赏陈寅恪"颂红妆"的主题,尤其是他强调的"独立之精神,自由之思想"。我在处理笔下的女性题材时,始终秉承这一立场,竭力张扬个性主义、自由主义乃至女性主义的理念。小书能够引起读者、特别是女性读者的共鸣,恐怕正是由于所谓三观方面的认同。

书名中使用"知识女性"一词,不仅是为了界定身份,也是试图将这些女性书写导向知识分子书写。此前不久,我获赠两本新书,一是林贤治的《五四之魂:中国知识分子精神史》,一是谢泳的《书生的困境:中国现代知识分子问题简论》,都是广西师范大学出版社出版的。我编书时,难免见贤思齐。当然,我没有他们那样的思想锋芒,而且文风相差甚远。前些时候,网上有人评论我的另一本书,其中写道:"或许他自己也没有意识到,他的随笔居然讨论了知识分子问题。"这真令我"不禁莞尔"。我一方面为有评论者费心发掘文字背后的意涵而欣慰,另一方面也为自己的叙述话语过于隐晦而抱歉。一位老师当面说过:"我看你的文章里有自己的主见,但你没有明说。"的确,我更看重事实而非阐释,观点不曾展开,太含蓄了。

十多年过去了,再来替自己早先的著作辩白,或许没有必要。但对于此番回顾，我很是珍惜，并想趁机补上当年考虑欠周而遗漏的"致谢"。

感谢《花开花落》一书的策划、现任该社总编辑的汤文辉先生，感谢他从一叠芜杂的文稿中挑出这一选题；感谢责任编辑李琳女士，感谢她就版式和封面设计与我交换意见时不厌其烦；感谢《书屋》执行主编刘文华先生，没有他的鼓励，我不会陆续写出书中各篇；感谢谢泳先生不吝赐序，序的第一句话揄扬有加，十分醒目，多次被人引用，令我汗颜。

最后，感谢《温州读书报》提供这次机会，让我能够写下且得以公开表达这些迟到的感谢。

二○二二年四月

静心读写即是福

罗文华先生新近接连出版了三本书。两本读书随笔集,一本读书日记集。我通读一过,时有会心之处。

前些年,流行在网络上开博客,我与罗文华算是博友了。他书里有一小部分文章,我以前在网上读过。这回重读,倍感亲切。近两年,又流行起微博和微信,许多博客都停业了。我的也是断断续续,偶尔贴几篇小文。罗文华的博客却一如既往,新作迭出。可见他的用情专一,坚持不懈。

我与罗文华相交多年,却缘悭一面。对他的了解,大多来自阅读他的文章,也包括别人写他的文章。说他集才子与学人于一身,说他是诗人、散文家、翻译家、藏书家、文博专家、文化学者,这些都当之无愧。但从这三本书来看,他应当是一位纯粹的读书人。

这样说,或许是将罗文华看低了,其实不然。

《读书是福》封面

试看当下文坛学界,有几个是真正纯粹的读书人?"天下熙熙,皆为利来;天下攘攘,皆为利往。"司马迁《货殖列传》里的话,用在今天任何一个行业,都恰如其分。不要说文坛学界早成了名利场,即便是所谓读书界,也绝非净土。

　　一些不良的现象,看多了,习以为常,人也就麻木了。罗文华却极富正义感和使命感,不会熟视无睹。对于某些看不惯的人和事,他都毫不留情地予以批评。例如《给书话"啃老族"扎一针》《不敢写书评》《要读书,不要"被读书"》《别把毛边本鼓捣毛了》《赠书不签名,也是好风景》《藏书暴发户不值得追捧》诸文,都是针砭时弊、一针见血。在他看来,所谓读书界、藏书界的种种恶习,均有其社会文化根源。无论是书话啃老族还是藏书暴发户,无论是批量毛边书还是速成签名本,无论是人情书评还是被动读书,无非是文化的浮躁、社会的急功近利使然。

　　在《人间最是情难了》(中国书籍出版社二〇一四年七月版)一书序里,罗文华将上述文章定位为"文化批评"。他明确表示,从替文化人说话转向替自己认为正确的文化人说话,从批评社会对文化的不重视转向批评文化本身的不完善,从提升文化的社会功用转向防止文化对社会的负面影响,是他目前写作的基本思路。可见,这些掷地有声的文章,并非仅仅针对具体的人和事,其背后包含着寄意深远的文化诉求。

除了这类"文化批评",罗文华撰写的"书人书事",如《读书是福》(江苏教育出版社二〇一四年八月版)一书中"先生之风"一辑及相关篇目,最值得读者期待。这与他特殊的人生经历有关。一九八三年,考入北大中文系,使他能够有机会向吴组缃、林庚、王瑶、王力、朱光潜、冯友兰、季羡林、金克木、吴小如、侯仁之等名师求教。毕业后,供职于天津日报社,又可以通过编发稿件接触到孙犁、张中行、启功、王世襄、周汝昌、黄裳、来新夏这些名家。如此机缘,一般作者很难遇到。加上罗文华又是有心之人,善于揣摩学习,又擅长娓娓道来。他的叙述,为那一代文人留下了行将逝去的身影。

罗文华自己的读书生涯,其实也值得一写。《每天都与书相遇》(江西高校出版社二〇一五年一月版)一书,收录他二〇一〇年全部以及二〇一一年部分的日记。时间距今,稍微近了点。如果出版他北大四年的日记,相信会更有意思。八十年代,是改革开放的年代。那时的老师,那时的同学，那时的读书人，都满怀理想和憧憬。如今回忆起来，简直恍若隔世。

罗文华有一篇文章，提到二○○七年，北大中文系八三级的同学返校，纪念毕业二十周年。座谈会上，他说起吴组缃老师的一句名言："中文系的学生不会写东西，就等于糖不甜。"他说自己是有感而发的：全班五十位同学，当初都是以各省市文科状元的身份考进来，个个都满怀文学理想；二十年之后，虽然每个人在各自领域里有所成就，坚持写东西的却没有几个。不知道当场是否有同学听出他的弦外之音？即使有人听出来，恐怕也不以为然吧？"同学少年多不贱，五陵裘马自轻肥。"一千多年前，杜甫就发出过这样的感叹。

当然，罗文华似乎一点也不羡慕别人在其他领域的成就。而在自己的领域，凭他的条件和才华，本来也可以弄出更大的动静。可他一直安心于本职工作，满足于"每天都与书相遇"的日子。他将来新夏赠送的题词"读书是福"作为书名，正展示了他的人生价值取向。作为一个纯粹的读书人，在这个浮躁的、急功近利的时代，能够守住初衷，静心地读书、写书、出书，自然是有福了。

二○一六年二月二十六日

书话家的视野

　　赵武平先生的书话集《阅人应似阅书多》，最近由三联书店出版了。

　　说起书话，许多读者都会记得，从二十世纪八十年代起，三联书店相继出版了一系列书话经典，唐弢的《晦庵书话》、郑振铎的《西谛书话》、曹聚仁的《书林新话》、叶灵凤的《读书随笔》、冯亦代的《书人书事》等等，在读书界掀起了持续不断、绵延至今的"书话热"，也影响了一批又一批作者投身于书话写作。赵武平应该属于其中的后起之秀了。

　　这样说并非因为《阅人应似阅书多》一书也是由三联书店出版，而是有赵武平的"自序"为证。无能是本书"自序"，还是此前《人如其读》一书的"自序"里，赵武平都特别提到了"晦庵"。他曾经说："我喜欢晦庵，每隔一段时间，就会翻翻他的书，悬想他为把书话写得'给人以知识，也给人以艺术的享受'，如何在笔底融入包括'一点事实，一点掌故，一点观点，一点抒情的气息'在内的'散文因素'。同晦庵书话来比，我笔下不成样子的东西，自然还有不小的距离。"这一次，他又说："实在而言，我更服膺晦庵的见解，那就是不要一谈书，除去版本，就是考据，没了高头讲章，所剩唯有干巴巴的书目。'书话'，说白了，无非'随笔或杂记'，是用浅显的专业知识，以带有'诗的感情'的文笔写出来的长短篇什。"他一再引用唐弢关于书话的表述，并且以此作为写作目标，显然是自觉地加入书话家的行列。

唐弢的《晦庵书话》，确实是一部颇具影响力的经典。许多人都是读了这本书，才喜欢上书话，进而从事书话写作的；还有一些人是读了这本书，才专注于新文学版本的收藏，并涉足现代文学领域的。赵武平的书话，也有不少谈论现代文坛的人与事，如《阅人应似阅书多》一书中的《也谈鲁迅致陶亢德信》《老舍美国行之目的》《"梦家和XX"》《也谈赛珍珠与徐志摩》《林徽因的考古发现》等等。但与某些唐弢的追随者不同，他并不囿于这类新文学书话，而是有意尝试各种"书话的别样写法"。

其实,唐弢本人也不是自限于现代文学。《晦庵书话》中不仅有谈翻译文学的"译书过眼录",还有谈古籍收藏的"书城八记"。或许因为现代文学更易于普及、民国旧书更易于搜求,才导致追随者一边倒的局面。赵武平在新文学书话之外,也重视"翻译书话",乃至"外国书话"。他考察书话的渊源和流变,除了唐弢,还推崇叶灵凤、冯亦代一类以外国书籍为描摹对象的书话。《阅人应似阅书多》一书里,也有此类文章,如谈译书的《冯译〈圣经〉及其名物考》《〈源氏物语〉的两个译本》等,谈海外书人书事的《王尔德的先祖与后辈》《小记昆德拉与〈庆祝无意义〉》《霍克思先生的翻译》《谁为马可波罗编'谎言'》等。当然,能够涉猎这样的题材,与他从事翻译和翻译出版工作的身份,以及经常参加国际交流有关。

书话读起来轻松、愉快,但写作书话并不是一件容易的事。不仅要有清新可读的文笔,更重要的是见多识广。与市面常见的那些或秘本自炫、或寻章摘句的书话不同,赵武平的书话视野开阔,往往还有独家的采访。他说:"晦庵的作文观念,也近于王夫之的'铁门限'说,——'身之所历,目之所见',尤为切要。"他自己的文章,也多取材于亲历、亲见。与陶亢德女儿的交往，到哥大查阅老舍档案，去法国拜访昆德拉，在英国拜访霍克思，这些都为他的书话写作提供了第一手资料。

我印象最深的，是他写老舍的三篇书话，融"身之所历"和"目之所见"于一炉。《老舍的美国之行》一文从同行者侯宝璋说起，探究美方邀请老舍的背景，以及老舍此行的目的。作者将老舍给友人的信中所言，与现存马里兰美国国家档案馆的"我的访问计划书"相互对照，揭示了老舍思想的前后变化。《〈骆驼祥子〉在美国》一文介绍《骆驼祥子》的翻译者伊文·金。此人原名罗伯特·斯宾塞·沃德，曾担任驻天津、上海等地的领事，还翻译过萧军的《八月的乡村》。他与老舍之间的恩恩怨怨，有翻译观念之争，也有版权版税之争，可见一位中国作家在美国的经历种种。《哥大的老舍档案》一文记录了在哥大图书馆查阅老舍档案的所见所感。两大盒"舒庆春件：未编目档案"，包括书信、手稿、剪报、电话记录、会谈纪要、账单和相片，总数约八百件，涵盖时间从一九四八年到一九五八年。作者做了简要的描述后，感叹道："这回看档案，能看到他少为人知的一面，实在是非常意外，可惜还没人能以这些资料为素材，写一部翔实的《老舍在纽约》。"书话不是研究性的著述,其主旨在激发阅读的兴趣、提供研究的线索。这三篇"老舍书话",想必已引起国内老舍研究界的关注。

在图书馆、旧书市,乃至拍卖行去寻找资料,利用公私收藏的旧报、旧刊,书话家的写作大多如此。不同的是,有些人偏于一隅、一叶障目,有些人视野开阔、见多识广。尤其是在今天这样一个全球化的时代,国际交往日渐频繁,闭门造车、孤芳自赏显然成不了气候。书话家也应该具备跨国别、跨语言、跨文化的意识,不断地拓展新视野、开辟新园地。赵武平先生的书话,在这方面无疑做出了有益的尝试。

二〇一五年十一月十八日

意在其中矣

与董宁文先生相识已有十余年了，直到最近，我方才知道他会画画，而且画得一手像模像样的文人画。

所谓文人画，是中国画的一个独特画种。其实，"文人"也是中国独有的名词。翻译成英语，大概只有"scholar"一词可以对应。然而，文人不仅仅是"学者"。文人不仅有学识，更重要的是趣味。作者要有趣，作品要有味。写作如此，绘画也然。

董宁文是一位文人。平日与他交流，无论是谈阅读，还是谈出版，最常听到的口头禅是"好玩"。"好玩"就是有趣。他不是专职编辑，不是职业出版人，编辑《开卷》杂志，出版那么多获业内好评的丛书，都是因为"好玩"，因为有趣。这完全是一种"文人行为"。他画画，应该也是如此。

在中国画史上，文人画家是有别于职业画家的。职业画家有严格的规范，文人画家相对自由，常自称

董宁文画作《对弈图》

"戏墨"或"墨戏"，即画着"好玩"。当然，这"好玩"不是胡乱涂鸦，而是不拘泥于形似，而追求笔墨意境。传统文人写作，使用毛笔，字写得漂亮，称为"书法"。中国画也用毛笔，以书法的技巧来画画，是所谓文人画的主要特征之一。文人画不仅是"画"出来的，也是像书法那样"写"出来的，故也称"写意画"。董宁文将其画作汇集，取名《宁文写意》，可见他是自觉地传承中国文人画的笔墨意境。

董宁文幼年曾学过绘画，我也是最近才听说的。他在画上署名"硕粟"，大概是表示私淑吴昌硕、刘海粟这两位近现代文人画大师吧。改革开放以来，南京画坛出现过几位"新文人画"的代表画家，董宁文是否也受到他们的影响，不得而知。仅就《宁文写意》中的作品来看，有《北海群峰》《万壑松风》这样的鸿篇巨制，也有《疏林夕照》《对弈图》这样的简笔小品，说明他博采众长、画路甚宽。

关于董宁文的笔墨追求，这里暂且不表。欣赏文人画，笔墨之外，画上的题跋也是很重要。中国艺术讲究诗书画合一，题诗、跋文与绘画构成一个整体。诗文与书画并置，相互映衬，也相互补充。《宁文写意》中有一幅《野趣》，近景为一临江小山，山脚有树，山顶有亭。江面辽阔，全部留白，唯远处有一叶扁舟。画幅上方,有流沙河题写的苏东坡诗句:"扁舟一棹归何处,家在江南黄叶村。"诗情和画意如此吻合,真是天衣无缝。再看那幅《对弈图》,近景偏右有两株树,中景偏左有一株树,远景偏右有一座虚亭,景物呈S形分布,地面按平远法向远处延伸,远方亭子里隐约有两人对坐弈棋。画幅上方,有丁芒题写的七绝一首:"眼底棋枰堪骋志,掌中霹雳亦纵横。经天纬地参差星,不觉芭蕉绿愈浓。"弈者置身于苍茫的天地之间,全神贯注,物我两忘。诗画对照之下,辽阔、旷远的意境,令人动容。

我最感兴趣的,还要数那幅《山村秋意》。画幅上方,有方成题写的五个大字——"意在其中矣"。而在画面上端留白处,还有田原写的一句话:"宁文云,此幅乃废品也,方成一题则化腐朽为神奇矣。"说此乃"废品",自然是谦虚;能化为"神奇",才是关键。宁文兄的画,能让人有"神奇"的发现,便证明其自有艺术的魅力与价值。"意在其中矣"这句题词,也可谓点睛之笔。陶渊明诗云:"此中有真意,欲辨已忘言。"这正是文人写意画所追求的境界。

二〇一六年一月十三日

摊书闲话

　　我居住的芜湖，是长江中下游的一个滨江小城。城中央有一片湖，叫作镜湖。湖畔有一座小亭子，名唤尺木亭。亭旁有一尊紫铜塑像，为一老者面湖而坐。此人便是明末清初著名画家萧云从。

　　萧云从，字尺木，明朝末年考中贡生，入清后拒不做官，长年闭门读书，或漫游名山大川。其诗文书画，成果颇丰，被推为姑孰画派创始人。版画代表作《离骚图》《太平山水图》流传日本，更是影响深远。

　　介于芜湖与南京之间的当涂，旧称姑孰。明清之际，太平府设在当涂，下辖当涂、芜湖、繁昌三县。所以，近人有萧云从原籍当涂一说。其实，自称当涂人的黄钺，在其《画友录》一书中，明确记载萧云从为"芜湖人"。萧云从生活在萧家巷，殡葬于严家山，也都在芜湖城内，地名一直沿用至今。

　　关于萧云从与姑孰画派、与渐江及新安画派、

萧云从画作《石磴摊书图》

与汤鹏及芜湖铁画，已有诸多论述。萧云从在中国画史上的地位，毋庸置疑。不过，我不大看好他的画，总觉得缺少特色。尤其在那群个性张扬的遗民画家中，萧云从的"不宋不元""不专宗法"或曰"体被众法"，风格并不醒目。这里说起他的《石磴摊书图》，完全是因为画的题材和画上的题诗。

《石磴摊书图》现藏于荣宝斋，为全景式构图。山峰挺拔，气势宏伟。山脚平地，有苍松数株。树下临流的石磴上，有两人盘腿对坐。其中一人手持打开的书卷，正对另一位准备抚琴的人说着什么，身边还放着两函图书。树干另一侧不远处，一名童子一边挥扇煮茶，一边回首顾望。半山腰，左边的坳谷中有茅屋两栋，右边的壁缝间有飞瀑直下。沿山道而上，右侧又见一座凉亭和一棵孤松。画面顶部是尖峰，左边的空白处有画家自题七绝一首：

摊书石磴意逍遥，

松下时听燕语娇；

山间不知昨夜雨，

瀑飞如练出丹霄。

摊书这个词比较雅驯，不常用。一般把书摊在路边出售，叫作书摊，倒是个俗词。画中的人物，神情逍遥，把书摊在临流的石磴上，促膝畅谈，可与兰亭雅集的曲水流觞相媲美。树梢鸟鸣啁啾，溪涧水声潺潺，四周云霞缭绕，如此清幽的环境中，开卷相向，细说书人茶话，真是心旷神怡，物我两忘。郭沫若译《鲁拜集》有云："树荫下放着一卷诗章，/一瓶葡萄美酒，一点干粮，/有你在这荒原中傍我欢歌——/荒原呀，啊，便是天堂！"两首诗比较，意象虽略有差异，意境却高度一致。

萧云从的山水人物画，通常被人称道的是《闭门拒客图》和《西台恸哭图》，而不是《石磴摊书图》。原因大约在于前一类作品借古喻今，表现遗民情怀，激越忧愤，容易撼人心旌。我则比较喜欢后一类。不仅由于追求人与自然的和谐，回归心灵的宁静，是人类的永恒主题，而且从情景交融的艺术标准看，后者的主题与画面景色也更为契合。难免会有人看不惯这种闲情逸致，认为是逃避现实，我则不以为然。没有随波逐流，没有同流合污，而是保持品行的高洁，安之若素，有什么不好？摊书石磴，逍遥自在，其实也是一种抵抗的姿态、一种执着的坚守。

南京的《开卷》杂志，刊行至今已有十五年之久。这份读书人自办的小刊，三十二开，一个印张，每月一期，持续了十五年之久，堪称奇迹。主办者的坚持，赞助者的支持，也是难能可贵；众多读者的喜爱，尤其令人欣慰。在这个浮躁而又忙碌的时代，有那么多人不去趋炎附势，不计利益得失，只愿手捧《开卷》，怡然自适。这情形，足以令人欣慰。

由此，我联想到萧云从的《石磴摊书图》。摊书石磴，开卷闲话，简直是一脉相承、一以贯之。那么，我以此文恭贺《开卷》创刊十五周年，也就不至于离题万里了

二〇一五年七月二十二日

读书图笺(三则)

映雪而读

古人有云:"雪夜闭门读禁书"。在这幅《雪窗读书图》中,屋顶和地面满是积雪,院门紧闭,主人坐在室内,全神贯注地持卷阅读。当时是不是夜晚,画里没有任何暗示;至于他读的是不是禁书,更是不得而知。但画作的意境与诗句的意境,还是颇相吻合。

《石渠宝笈续编》将这幅画的作者定为两宋之交的李唐,大概是因为画中山石的画法,采用了李唐发明的"斧劈皴"。可整幅作品按对角线布局,左下是近处实景,右上是远处虚景,明显是南宋"马一角""夏半边"的边角构图法。此画若确定为宋画,当是李唐之后,马远、夏圭同时,或更后的宋末画师所作。

画面的左侧,壁立的山崖直抵近前,将观者阻

宋代佚名画作《雪窗读书图》

挡在画面之外。山崖顶上，有树木向右下伸展，枝叶苍茂。山崖脚下，两幢茅屋安静地俯伏着，前后有翠竹簇拥。仔细看时，无论是房屋的框架结构，还是院落的篱笆柴扉，都清晰逼真，一丝不苟，显示了画家精湛的写实技巧。

作为一幅雪景图，画家采用倒晕、留白的方式来处理景物表面光线的明暗过渡，形成积雪的浓淡厚薄之感，使整个画面显得纯净、清冷而肃穆，极具视觉感染力。

小院角落的一口水井，为画作增添了几分生活气息。屋边苍翠的丛竹，衬托出主人高洁的情怀。紧闭的柴门，表示主人闭门谢客，拒绝尘世俗事的干扰。此时此刻，茅屋的主人临窗展卷、映雪而读，其心志不言而喻。

若有所思

清代吕彤的这幅《蕉荫读书图》，是一幅读书图，也是一幅仕女图，确切地说，是一幅仕女读书图。

中国古代仕女图有一些传统的模式，如"树下仕女"。本图中的树，便是那两株亭亭玉立的芭蕉。宽大的蕉叶舒展开来，像伞盖一样罩在女子的

吕彤画作《蕉荫读书图》

头顶，给她带来夏日的浓荫。又有"倚石仕女"。本图中的女子正是斜靠在藤椅形状的湖石之上。坚硬而黝黑的石块，反衬出女子肌肤的娇柔、衣着的明艳。还有"园中仕女"。本图的场景也为园林一隅。一小截汉白玉雕花立柱，外加两根细细的圆木棍做成的简易栏杆，将芭蕉、湖石、女子都圈定在封闭的园林空间之内。

画中的女子坐在园林一隅纳凉，膝盖上放着一本打开的书。这是读书图的"画眼"所在。女子右手轻轻按着书卷，左手支颐，若有所思。仿佛刚才读到的词句触动了心事，她抬起头来，目光迷离，看着前方出神。而前方不远处，与之遥相呼应的，是画面右下角几枝绿叶扶疏的凤仙花。

女子所读何书？应该是《西厢记》《牡丹亭》之类的剧本吧。居住在清幽、僻静的园林里，她是否有些寂寞？是否希望像戏文里的女主角一样，能够遇到自己的"有情人""梦中人"？画家在她透明的罗衫下，画出大红色的内衣。那块若隐若现的红色，与整个画面的冷色调形成强烈对比，同时也暗示着女子内心因为阅读而唤醒的情愫。

藏书和读书

有的人只藏书，不读书；有的人只读书，不藏书；还有些人，既藏书又读书。丰子恺的《读书图》，画的就是这第三种人。

"藏书如山积，读书如水流。山形有限度，水流无时休。"题在画上的这首小诗，耐人寻味。藏书的空间有限，读书的时间也有限，没有人会无休无止的读书。丰子恺这么说，旨在强调读书的重要，鼓励藏书之人也要多读书。

这幅画既画了藏书，又画了读书。迎面是三个书橱。左右两个，书都是插架的。中间一个，书是平放的，一摞一摞，将书架塞得满满的。书橱的顶上，有三只书箱，呈品字形叠放。还有几册书，装不下了，只能搁在书箱旁边。主人搬来一张直背的靠椅，侧放在书橱前。从架上取出一本书，坐下来，大腿跷二腿，两手捧书，勾下头，专心地读着。

虽然没有画出主人的面部细节和表情，可从肢体语言，一眼就可以看出，这是一个书痴。他身边的藏书，仿佛一座堆积的小山。可以想象，他看完了一本，会随即再换一本。他完全沉浸在书的世界里，贪婪地阅读，全然不理会时间的流逝。

丰子恺画作《读书图》

这幅画是丰子恺一九三五年为他的学生钱君匋画的。一九八三年，钱君匋的学生陈茗屋见到很喜欢；钱君匋又割爱转赠。画上的题跋，记录了这一流传有序的过程，也见证了一代又一代人对藏书和读书的痴迷。

二〇一六年九月十九日

跋

这本小册子辑录了我近几年发表在纸质报刊上的读书随笔。当然，有所选择，也有所舍弃。例如有那么几篇，不是太具"学术性"，就是太具"思想性"，编入书中，估计不太合适，便主动割爱了。

这本小册子的出版，自然要感谢安徽师范大学出版社总编辑戴兆国先生。承他盛情，邀我加盟系列丛书。最初拟定的选题已经通过，可我因病未能完成，临时更换书稿，需要重新申报，给他添了不少麻烦，实在过意不去。另外，书名几经推敲，最后受到他的启发，才确定下来，这也是要在此表示感谢的。

记不清在哪里读到过这样一句："所有涂涂写写，仅为博君一粲。"面对打开这本小册子的读者诸君，无论是相识还是不相识的，除了感谢之外，我想说的，就是这句话。

是为跋。

桑 农

二〇二二年八月十日